그렇게
바쁘게
살지
않아도 돼

내
인생의
쉼표,
케렌시아

내 인생의 쉼표, 케렌시아

초판인쇄	2023년 05월 19일
초판발행	2023년 05월 24일

지은이	장하영, 윤창영, 오정희
발행인	조현수
펴낸곳	도서출판 더로드
마케팅	최관호 최문섭
IT 마케팅	조용재
교정교열	이승득
디자인 디렉터	오종국 Design CREO

ADD	경기도 고양시 일산동구 백석2동 1301-2
	넥스빌오피스텔 704호
전화	031-925-5366~7
팩스	031-925-5368
이메일	provence70@naver.com
등록번호	제2015-000135호
등록	2015년 06월 18일

정가 16,800원
ISBN 979-11-6338-380-2 03810

그렇게
바쁘게
살지
않아도 돼

내
인생의
쉼표,
케렌시아

장하영, 윤창영, 오정희 지음

도서출판 **더로드**
The Road Books

"인생에서 가장 소중한 가치는 무엇일까?"

현대인은 바쁘다는 말을 입에 달고 살아간다. 바쁜 이유도, 원인도 모른 채 앞만 보고 달려간다. 바쁘게 살다 보니 정작 중요한 것을 놓쳐버린다. 그러다 나이가 들면 '도대체 내 인생 뭐 하고 살았나?' 하는 자괴감과 함께 허무감이 밀려온다. 그런 이유로 심하게는 우울증을 겪기도 한다. 바쁜 삶을 바꾸어 좀 여유롭게 살고 싶다고 생각한 적이 없는가? '이렇게 아등바등 살지 않아도 될 텐데.' 라고 생각해 본 적이 없는가?

인생은 여유를 가지고도 얼마든지 하고 싶은 것을 하면서, 누리면서 살 수 있다. 그렇게 살려면 현재의 자신을 돌아보고 자신의 인생을 리모델링해야 한다. 이 책에는 그런 여유로운 삶을 의미하는 '케렌시아의 삶과 인생 리모델링'에 관한 내용이 실려있다.

케렌시아는 투우장에서 투우가 쉬는 공간이다. 그 공간에서 쉬고 있는 소를 투우사는 공격해서는 안 된다. 투우사와 목숨을 걸고 싸우던 소는 케렌시아에서 휴식을 취하며 다음의 싸움을 준비한다. 사람에게도 케렌시아가 필요하다. 아무에게도 방해받지 않는 시간과 공간이 필요하다. 꼭 공간만을 의미하지는 않는다. 문장에도 쉼표가 있다. 노래도 마찬가지다. 내를 건너려면 징검다리가 필요하다. 험한 세상을 살아가려면 쉼의 시간이 필요하다. 그 쉼에서 몸과 정신을 충전한다. 핸드폰도 충전하지 않고 사용할 수 없다. 인간도 마찬가지다.

인생에서 가장 소중한 가치는 무엇일까? 사람마다 다르지만 공통된 가치는 가족이고 사랑이며, 내가 하고 싶은 걸 하는 자유이다. 각자에게는 인생의 황금기가 있다. 그런데 역설적으로 가장 빛나는 시기, 그 빛에 눈이 멀어 정작 중요한 가치를 잃어버린 채 살아간다.

자신이 살아온 인생의 결과물이 현재이다. 현재를 집에 비유하자면, 깨끗한 새 아파트일 수도 있으며, 다 쓰러져가는 주택일 수도 있으며, 그저 그런 오래된 연식의 집일 수도 있을 것이다. 자기 몸이 있는 곳이 자신의 현재이다. 자기 정신이 있는 곳이 자신의 현재이다.

지금 자신의 몸은 건강한가?
육체적으로 매력이 있는가?
자신의 성격은 남에게 호감을 주는가?
자기 생각에 부족한 부분은 어떤 것이 있는가?

인생 리모델링이라는 것은 자신의 인생을 수리하여 더 좋은 인생으로 만드는 것을 의미한다. 인생을 집에 비유한다면, 수리하여 더 좋은 인생으로 만든다는 것이다. 더 좋은 인생으로 만들어 남은 인생을 더 가치 있게 행복하게 살아가게 만든다는 의미이다.

"그렇게 바쁘게 살아가지 않아도 돼."

이 책에는 작가가 실행한 인생 리모델링의 과정과 케렌시아 삶이 들어 있다. 이 책을 읽는 독자도 자신의 인생을 리모델링하여, 멋진 케렌시아의 삶을 누리기를 바란다.

2023년 5월

장하영

차례 | Contents

제2장
나는 나를 유일하게 행복하게
해줄 수 있는 사람이다
[장하영]

제3장
케렌시아와 인생 리모델링
[윤창영]

이 책에는 작가가 실행한 인생 리모델링의 과정과
케렌시아 삶이 들어 있습니다.

PART
01

오정희 현재 울산에서 '편한자리 심리상담소'를 운영하면서 국
제공인 가트맨 부부 치료사로 인간관계의 얽히고설킨
이야기들을 남다른 사명감으로 풀어내며 관계의 달인이 되는 기술을 나
누고 있다. 특히 감정 코칭 부모교육 전문 강사로 활동하며 훈육의 어려
움을 겪고 있는 이 시대의 부모에게 바람직한 부모 역할을 제시하는 친
절한 안내자가 되어 현장에서 왕성한 활동을 펼치고 있다.
2020년 〈그냥 천천히 걸었어〉 에세이 출간, 편한자리 밴드를 통해 일상
에서 글쓰기의 즐거움을 누리고 있다.

제1장

내
인생의
쉼표,
케렌시아

오정희

    늘 '바쁘다. 열심히, 최선을 다한다.'라는 나의 각오와 다짐들로 쉼 없이 여기까지 열심히 달려오기만 했던 나의 삶에도 '진정한 케렌시아가 있었구나!'하는 깨달음의 시간이 되었다. 치열했던 삶의 순간 속에 나를 조율하며 지금 이 모습으로 살 수 있음은 나만의 케렌시아를 가진 덕분이다. 이 글을 쓰는 시간은 가장 솔직한 나의 모습을 웃으며 마주한 재회의 시간이었다.

세상살이가 자신이 원하는 방향으로만 가는 건 쉽지 않다. 더러는 원하지 않는 장소에서 만나고 싶지 않은 그 사람을 만나고, 원치 않은 상황에 직면하기도 한다. 지치고 힘들 때, 외롭거나 화가 날 때, 격한 감정의 홍수에 빠졌을 때 케렌시아는 평정심을 찾게 하였고, 위안의 숨구멍을 열어주었다. 그리고 차가워진 내면을 따스하게 데우며 나다운 모습으로 70년의 여정을 무리 없이 걷게 했던 원동력이 되었다. 나에게 있어 케렌시아란 실존적 삶의 무게를 조금은 가볍게, 조금은 빨리 회복할 수 있게 한 기회였고, 평정심을 되찾는 에너지 충전소이기도 했다.

후회하지 않는 글이 되길 바라지만 언감생심! 욕심을 조금 내려놓고 보니 매우 가벼워졌다. 이 글을 읽는 독자도 자신을 신뢰하고 자신만의 케렌시아를 찾는 기회가 되기를 바란다.

오정희

모닝글로리(하루를 여는 감사함)

아침을 알리는 창가의 눈부심, 따스한 침대에 누워 두 팔을 위로 펼친다. 내가 지금 살아있다는 것, 밤새 안녕한 사실을 확인한다. 누가 뭐래도 이 순간만큼은 온전히 독립적인 존재요, 세상 무엇과도 연결되지 않은 나만의 절대 공간, 절대 행복 상태이다.

어젯밤 꿀잠을 잤든 개꿈이 난무했든 지난 밤은 지난밤일 뿐이다. 눈을 뜬 지금 나의 모습은 건강하다. 누운 자리에서 시야에 펼쳐지는 것은 하얀 천정과 익숙한 공간, 열린 귓가에 창밖으로부터 하루를 시작하는 자동차의 거친 숨소리가 희미하게 들려온다.

내게 주어진 하루를 감사함으로 채우는 케렌시아 순간이다.

아! 내가 눈을 떴다는 이 사실, 하루를 선물 받은 기쁨, 아무 것도 이바지한 바가 없음에도 내게 주어진 또 하루, 이런 하루하루가 선물이라는 사실을 깨닫기까지는 긴 시간이 필요했다.

스물셋, 흔히 하는 말처럼 꽃다운 나이에 아내가 되고, 며느리가 되고, 엄마가 되었다. 새롭게 주어진 역할이 벅차고 힘들었다. 아내도, 며느리도, 엄마의 역할도 어느 하나 만만한 게 없었다. 더욱이 직장을 다니게 되면서 책임이 더 늘어났고, 매일매일 주어진 역할이 어깨를 무겁게 짓누르는 날이 점점 많아졌다. 눈을 뜬다는 사실이 고통이었고, 더러는 이대로 눈을 뜨지 않을 수 있으면 좋겠다는 생각을 떨쳐내지 못해, 이불을 뒤집어쓰고 시간이 멈추길 바라며 깜깜한 어둠 속에서 두 눈을 꼭 감아버렸던 날이 참 많았다. 입에서 나오는 가장 많은 말들이 '바쁘다, 스트레스다.' 라는 부정적 표현이 더 많았던 시간 속에 하루가 선물이라는 사실을 까마득히 잊고 살았다.

2010년 가을로 기억된다. 늦은 나이에 본격적으로 서울에서 심리 공부를 시작했다. 빠듯한 시간과 경제적으로 넉넉지 않은 상황임에도 겁 없는 도전이 시작되었다. 심리라는 자석은 아주 강하게 나를 끌어당겼다.

어느 날 우리의 뇌와 관련된 수업에서 사람의 뇌는 21일간 무엇인가를 반복적으로 하다 보면 습관이 형성되고 개인차는 있지만, 63~100일 정도가 되면 '자동화'가 된다고 했다. '자동화'란 오른쪽 손잡이가 식탁 위에 수저를 보면 의식하지 않은 상태에서 자연스럽게 오른손을 내밀 듯, 아무 생각이나 계획을 하지 않아도 자연스럽게 실행에 옮겨지는 행동이라고 했다.

그날 수업에서 교수님은 각자 하루를 어떻게 보내고 있는지? 스트레스를 받을 때 어떻게 대처하는지에 대한 모둠 활동과 매일 각자의 일상에서 일어나는 운동, 감사, 선행, 감정날씨 등을 기록하여 긍정적인 습관이 형성될 때까지 행복 일기 쓰기를 과제로 주었다. 나는 행복 일기장을 펼치기가 부담스러웠고 어색했다. 나의 장점 50가지를 찾는다는 게 난감했고, 나에게 도전이 되는 사람에 대한 장점을 50가지 찾기란 호락호락한 일이 아니었다. 감사하다고 말하기보다 '바쁘다 바빠! 스트레스야, 피곤해!' 라는 부정적 표현이 더 많았다. 그때까지만 해도 나의 생활신조는 '매 순간 열심히 최선을 다하자.' 였지 감정에 관한 생각은 미처 해보지 못했다.

'무엇을 감사해야 하지? 감사할 게 있어야 감사를 하지?' 시간과 돈, 그리고 역할에 고달팠던 나는 '감사하다.' 라는 말이 와닿지 않았다. 감사함이라는 단어가 남의 이야기처럼 들려왔으니까. 그러나 주어진 과제는 피할 수 있는 일이 아니었다. '감사할 게 뭐가 있지?' 하는 의문과 한두 가지 적고 보니 밑천이 동이 났다. 마음을 다잡고 다시 쓰기를 반복하며 과제를 마무리해 나갔다. 조금씩 감사라는 단어가 다가왔다.

'감사하기 100일의 효과' 가 나타나기 시작했다. 누가 시키지 않아도 아침에 눈을 뜨면 잠자리에 그대로 누워 오늘 내가 눈을 떴다는 사실 하나만으로도 감사하다는 말이 절로 나왔다.

이 순간 영원히 눈을 감아버린 그들과 그들을 안타까워하는 모든 이들에게는 절대 허락되지 않는 모습이니까 감사하다.

그리고 한 지붕 딴 방에 밤을 보낸 그대에게도 감사하다. 얼마나 긴 시간 서로 다른 모습으로 인해 힘이 들었던가? 그런데도 서로를 신뢰하고 헌신하는 마음 하나로 각자의 자리에서 자신의 역할에 책임과 의무를 다한 모습에 당연함이 아니라 감사함을 느끼기 시작했다.

우리라는 공동체의 일원으로 만나고 무엇인가를 함께 하며 그날그날 연결된 모든 분께 감사한 마음이 느껴지기 시작했다.

세수하고 자리로 돌아오기까지 필요한 갖가지 용품과 주방에서 그날그날 일용할 양식과 모든 것을 충족할 수 있는 주어진 일상의 여건에 대해서도 하나하나 떠올리며 감사하기 시작했다. 오늘 만나는 예약된 내담자들의 이름 석 자를 떠올리고 조용히 부르며 감사함을 말한다. 지구별의 수많은 사람 중 나를 선택한 그 마음에 대해, 그리고 나 역시 건강한 몸과 마음으로 내담자에게 다가설 준비를 할 수 있으니 감사하다.

다음은 오늘 내가 찾을 강의실이다. 강의실을 찾아오는 이

들의 얼굴도 이름도 모르지만, 귀한 시간을 내어 나의 이야기에 귀를 기울여 주고 나와 소통을 할 것이다. 감사하지 않는가? 강의실 구조가 어떤 형태인지 전혀 알 수 없지만, 나는 상상한다. 그 자리에서 강의하는 내 모습을 그려보며 감사한다. 그런 후에 강의실에 실제 도착하면 전혀 낯설지 않다. 편하고 익숙한 기분이 든다. 담담해진 마음으로 시작하는 강의 시간은 언제나 생각 이상으로 지지를 받는다. 가벼워진 기분으로 에너지 탱크가 충만이다. 수많은 감사함이 나의 아침 침상에 수북이 쌓였다. 삼십 분이 훌쩍 지나간다. 하루의 모든 것이 그들만의 빛으로 찬란하다. 시선을 마주하는 모든 것에서 에너지가 뿜어 나오는 것 같다. 하루, 이틀, 백일이 지나고, 십 년이 지났다. 나의 이 시간만큼은 세상으로부터 자유다. 머릿속에 떠오르는 건 온전히 '나만의 감사함' 이다.

강의하거나 상담하다 보면 가장 많이 받는 질문이 있다. "나이답지 않게 어디서 그런 열정이 나오느냐? 어떻게 볼 때마다 에너지 넘치는 모습으로 일을 하느냐?"는 이야기다. 수없이 들은 질문에는 나만의 답이 있다. 십 년을 이어져 온 나만의 케렌시아, 아침잠을 깨우는 나만의 공간, 침대 위에서의 감사함이다.

언제부턴가 스트레스라는 말보다 '감사하다.' 라는 말을 훨씬 더 많이 입에 담고 있다.

문을 열고 나오는 순간 남편을 부른다. 밝고 낭랑한 목소리다.

"여보, 잘 잤어?"

그의 화답도 역시 따스하다.

"그래, 당신도 잘 잤냐?"

'그래, 당신의 건강한 목소리에 감사한다.' 나에게 주어진 나만의 케렌시아, 나의 하루 시작에서 빼놓을 수 없는 아침 시간의 감사함, 나만의 케렌시아다. 감사합니다.

다락방 이야기

결혼생활에서 처음 어려움을 경험한 일은 두 아이를 만나기 위한 입덧이라는 관문이었다. 이는 나에게 죽음의 길을 맛보게 하는 듯한 느낌이 들게 했으며, 긴 어둠의 터널을 지나는 고통의 시간이었다. 입덧을 경험하며 체중은 37kg을 경신했고, 내 몰골은 텔레비전 공익 광고에 나옴 직한 아프리카의 헐벗은 아이의 형상이 되었다.

비몽사몽으로 종일 누워서 지내야 하는 입덧 기간이었지만, 첫 아이 때는 멋모르고 시작된 입덧이기에 조금만 지나면 나아질 거라는 막연한 기대감으로 버틸 수 있었다. 하지만 둘째 때는 고통의 정도가 더 극심했다. 초주검이 되어가는 딸을 바라보던 나의 아버지는 고통스러워하는 막내딸이 안

쓰러워 눈물 바람을 멈추지 않으셨다. 갑자기 정신줄을 놓아버린 나를 응급실로 들쳐업고 뛰셨던 아버지. 그땐 요즘처럼 콜택시도, 119도 일반화되지 않을 때였다.

심한 통증에 정신을 차려보면, 간호사가 혈관을 찾기 위해 팔에서 손을 떼지 못하고 있었다. 그런 상황을 겪으며 '이러다 결국 나는 죽겠구나!' 라는 두려움에 떨어야 했다. 요즘 같으면 입원이라도 해서 최소한의 도움을 받았을 텐데, 무지몽매했던 당시의 우리는 입덧은 그냥 버텨내야 하는 것으로만 알았다.

친정엄마는 안타까운 마음에

"입덧해서 죽는 늠은 없다. 쪼매마 지나모 괜찮아질 끼다."

라고 말씀하셨고, 나는 제일 듣기 싫은 말을 대책 없이 듣고만 있어야 했다. 지독했던 입덧은 6개월이 지나자 언제 그랬느냐는 듯 안정기에 접어 들었고, 점차 건강한 임산부로 활짝 웃을 수 있는 본래의 나로 회복되었다.

인간은 망각의 동물이라고 했던가? 그렇게 고초를 겪고도

두 번씩이나 임신했으니 말이다. 첫 딸을 출산하고 난 다음
엔 꼭 아들을 낳아야 한다는 중압감과 시어머님의 지지에
반드시 아들을 얻을 수 있다는 믿음 같은 것이 생겼다. 그리
고 나의 바람대로 둘째는 아들이었다.

설렘으로 만난 두 아이는 기대와는 달리 밤낮을 가리지 않
고 계속 우는 바람에 한시도 등에서 내려놓을 수가 없었다.
6개월이 될 때까지 아이를 업는 것 외에는 우는 아이를 달랠
수 있는 방법을 찾지 못했다. 말 그대로 막무가내로 울었다.
산후조리는 고사하고 아이를 등에 업고 밤새 베란다에 서서
오가는 차량을 바라보면서 숱하게도 울었다. 통행금지가 있
었던 시절이라 밖에 나가지도 못했다. 어느 날 우는 아이를
보며 순간을 참지 못한 남편이

"가서 버리고 와!"

라며 버럭 했다. 너무 기가 막혀 버린 나도 조용한 일침으로
가격했다.

"애는 버리고 나는 어쩔까요?"

라고 했더니 입을 다물었다.
아이가 예사롭지 않게 워낙 울다 보니, 어느 날 아래층 할머
니께서 칠십 평생에 이렇게 우는 아이는 처음 본다며

"암만케도 새댁이 아 낳고 뭘를 저질렀으니 삼신 할매한테
빌어야 할 것 같네."

라며 조심스럽게 말씀해 주셨다. 지푸라기라도 잡는 심정으
로 시어머님께 도움을 요청했더니 한걸음에 달려오셨다. 상
위에는 정화수 한 그릇과 미역과 쌀을 차려놓고 시어머님의
간곡한 기도가 시작되었다.

"못난 에미, 미련하고 어리석고 몰라서 그러니 부디 너그럽
게 용서해 주이소."

라는 간청과 '어떻든지 손주 녀석이 잘 먹고, 잘 자고, 무럭

무럭 탈 없이 잘 크게 해주십사.' 두 손을 마주하고 싹싹 빌었다. 하지만 삼신 할매는 시어머님의 정성을 거절했다.

젖을 먹거나 기저귀를 갈 때 외에 아이는 늘 등에 업혀 있었다. 요즘 같으면 유모차라도 태워 다녔을 텐데, 그때는 유모차를 구경도 하지 못할 때였다. 도시에서는 어떠했는지 몰라도 그때는 그랬다. 포대기 끈이 닳아 수선을 맡겼더니, 아주머니는 포대기 끈이 이렇게 닳은 것은 처음 본다며 눈이 휘둥그레졌다. 아이가 배밀이를 하는 것도, 뒤집는 것도, 엉금엉금 기는 것도 보는 재미가 없었다. 아니, 허구한 날 엄마 등에 업혀 있으니, 배밀이를 할 기회가 없었던 게 맞는 말이다.

고진감래라고 했던가? 두 아이는 6개월이 지난 어느 날, 거짓말처럼 밤이 되면 깊은 잠을 자고, 낮에는 환하게 방긋방긋 웃는 천사 같은 모습을 보여주었다. 세상에 이보다 더 이쁜 아이가 있을까? 얼굴을 마주하고 옹알이를 하면서 나에게 수많은 이야기를 전해주는 아이의 표정만으로 나는 행복한 엄마가 되었다.

6개월이 지난 어느 날, 눕혀두면 혼자 뒤집어 무릎을 끌어당겨 뒤뚱거리며 앉았고, 조금 지나자 무엇이든 붙잡아 서려고 흔들거리는 두 다리의 중심을 잡았다. 등에만 업혀 있던 애가 등에서 다 커버렸다. 8개월이 접어들자 걷기 시작해서 주변 사람을 깜짝 놀라게 했다.

지금 생각해 보면 아이가 배 속에 있을 때 엄마의 심한 입덧 기간만큼 세상에 태어나서 불안했고, 불편했던 감정을 울음으로 보여준 것 같다. 내가 입덧에서 벗어나서 6개월부터 안정적인 수면 패턴이 시작되었으니, 그 기간이 일치하는 것 같다. 매 순간 성장을 거듭하는 아이의 행동은 우리를 경이로움과 감동의 세계로 안내해 주곤 했다.

두 아이의 성장기를 사진첩에 담아두는 일이 나에게는 매우 중요한 일상 중 하나였다. 아이들이 성장하는 만큼 사진첩의 수가 늘어났고, 아이들과의 이야기도 쌓여갔다. 유치원 때까지는 사진기를 들이대면 다양한 포즈를 취해 주었던 아이들이었다.

태풍 글라디스 때인 1991년 8월 23일, 하루 동안 내린 강우량이 417.8mm였다. 그때 확성기로 태화강 둑이 무너질지도 모르니, 이웃에 있는 초등학교로 대피하라는 주민 대피

령이 내렸다. 앞 도로에는 이미 물이 차서 승용차 바퀴가 보이지 않았고, 우리집 창고에도 불어난 물에 쌓아두었던 연탄이 와르르 무너져 내렸다. 뒷집에는 마루까지 물이 차올랐고, 주민들은 보따리 하나씩 이고 메고 학교로 대피하고 있었다.

그때나 지금이나 간 큰 남편은 대피는 고사하고 남의 일 보듯 꿈쩍도 하지 않아 나 혼자 애를 태우는 중에 갑자기 '태화강 둑이 범람하는 순간이 오면 어떻게 해야 하지? 무얼 해야 하나?' 하는 생각이 들었다. 급하게 비닐봉지 큰 것들을 찾아 다락방으로 뛰어 올라갔다. 그리고 아이들과 함께했던 시간을 담아둔 앨범을 꺼내 비닐봉지에 넣었다. 태화강이 범람해서 사고가 나는 걱정보다 앨범 속 아이 얼굴이 상할까 걱정이 되었다.

두 아이도 이제 성인이 되어 부모가 되었고, 그때나 지금이나 아이들의 모습을 담아둔 사진첩이 나에게 가장 소중한 자산이다.

바쁜 일상에서도 가끔 작은 다락방에서 나는 두 아이의 때 묻지 않는 영롱한 눈빛을 바라보며 하루의 이야기를 늘어

놓는다.

"지형아, 아이고 우리 이쁜 지형이. 아들~~ 멋진 우리 아
들~."
"오늘은 엄마가 이러이러한 일이 있었단다."

라며 일방통행 나의 이야기에 사진 속 두 아이는 내 마음을
다 알아주는 듯한 표정으로 나의 긴 이야기를 마다하지 않
고 한결같은 눈빛으로 바라봐 준다.

"그래그래, 오늘 엄마 이야기는 여기까지야! 우리 보석들 고
마워."

라고 할 때, 나의 우주는 오직 세 사람만이 존재할 뿐이다.
한참을 이야기하고 들여다보노라면 서서히 피로가 사라지
고 마음엔 평화의 에너지가 차오른다. 몸과 마음이 지치고
바쁜 일상에서 가끔은 고달픈 나의 하루를, 더러는 행복한
엄마의 이야기를 다 들어주는 두 아이와의 사진을 통한 대

화의 시간, 순수한 그 눈빛으로 엄마를 바라봐 주는 시선과 함께하는 순간이 바로 나만의 케렌시아다. 오늘도 사진 속 두 아이와 다락방 이야기는 이어진다.

03

노래하는 케렌시아

유년기의 기억 중 가장 많은 부분을 차지하는 일은 아버지와의 추억이다. 어린 나를 무릎에 앉혀놓고 아버지는 끊임없이 노래를 가르쳐 주셨고, 나는 아버지 앞에서 앵무새가 되어 그대로 따라 불렀다. 노래를 한 곡 부를 때마다 언제나 환한 웃음으로

"아이고, 우리 정희 우째 이래 노래를 잘~하노"

라고 하시며 나를 안아주고 뽀뽀 세례도 퍼부어 주셨다. 아버지는 구레나룻 수염이 덥수룩했는데, 면도를 한 다음 날에는 얼굴을 비비면 까끌까끌한 아버지 수염이 따가워 의도

적으로 고개를 돌려버리기도 했지만, 나는 그런 아버지가 좋았다. 늘 내 편이 되어주고 나의 열창에 언제나 잘한다고 칭찬해 주시는 아버지가 어린 마음에도 든든하고 존중받는 느낌이었다.

새로운 노래를 금방 익혀서 주저하지 않고 아버지 앞에 서서 애교스러운 포즈를 취하고 목청껏 노래를 불렀다. 아버지 눈에는 아마 막내딸이 아무래도 노래 신동처럼 보였던 것 같다. 여름철 나무 그늘에 자리를 깔고 함께 어울리셨던 동네 할아버지들은 지나가는 나를 어김없이 불러세워 창가(唱歌) 한 곡을 청했다. 나는 주저함 없이 노래를 불렀고, 박수갈채를 받는 기쁨을 맛보았다. 노래를 배우고 부르는 게 어려운 일도 아니었고, 칭찬받을 기회가 생기니 기꺼이 즐거운 마음으로 자리를 가리지 않고 불렀다.

초등학교 5학년 때 아버지께서 레코드판(LP판)을 사 오셨는데, 그곳에 회심곡(回心曲)이라는 한자로 쓰인 게 있었다. 호기심이 동해 그걸 듣는 순간, 그 독특한 느낌을 지금도 잊을 수가 없다. 가슴에 뭔가 찡한 울림으로 눈물이 날 것 같았고, 무엇엔가 이끌려 들어가는 것 같았다. 그날부터 회심곡을 배울 작정으로 가사를 옮겨적고 따라 부르기 시작했다. 어느 날 혼자서 부르는 회심곡을 듣던 엄마가 야단을 치셨다.

"쪼매는 게 무신 그런 노래를 부르노? 듣기 싫다. 그런 거는 다시는 부르지 마라."

라고 핀잔을 주어 그 이후로 회심곡을 부르지 못했다. 무릎 앞에 앉아서 부르던 노래는 고등학교 시절 때도 역시 노래를 좋아했고, 뒷집 친구 동생의 기타연주에 맞추어 〈해변으로 가요〉를 나는 부엌에서, 친구 동생은 툇마루에 앉아 담장 하나를 사이에 두고 죽이 척척 맞는 환상적인 화음을 만들어냈다. 우리는 말하지 않고도 기타연주의 한 소절만으로도 호흡을 맞출 수 있는 노래 실력을 갖추고 있었다. 그런 연유에서인지 나의 노래 사랑은 지금까지 이어지고 있다.

평소 운전대에 앉으면 음악부터 켠다. 심리적 안정감이 찾아들기 때문이다. 나는 운전이 서툰 40년 초보운전이다 보니, 운전석은 언제나 불편한 자리다. 그 심리적 불편감을 지울 수 있는 유일한 방법이 음악을 듣는 것이다. 시동을 걸면, 가장 먼저 하는 일이 오디오를 켜는 일이다. 이런 나를 보고 남편은 옆에서 집중이 안 된다고 하지만, 나는 그렇지 않다. 오히려 마음이 안정되니 집중이 더 잘된다.

집 안을 청소하거나 부엌에서 식사 준비를 할 때는 일거리가 많든 적든 무조건 휴대폰을 꺼내 유튜브에서 음악을 찾아 연속 듣기를 설정한다. 같은 음악을 무한 반복하기도 하고, 다양한 노래를 듣기도 한다. 음악은 주방일의 수고로움을 덜어주기에 좋은 에너지원이 된다. 음악과 함께 일을 하면 일머리가 잘 돌아가서 뭐든 척척 빨리 마무리를 한다. 지금 생각해 보면 음악을 통해 심리적 안정감을 회복하고, 전두엽이 활성화되어 뭐든 순차적으로 빠르게 대처하는 능력이 향상되는 것이 아닌가 싶다.

그뿐 아니다. 상담이 끝나고 다음 상담이 이어지면 재빨리 마음 정리가 필요하다. 이때 음악 한 소절이면 해결된다. 상담 중 내가 경험한 다양한 감정을 가장 짧은 시간에 정화하고, 다음 상담을 위한 평정심을 갖는 방법이 음악 듣기이다. 음악은 헝클어진 마음도 차분하게 가라앉히고 새롭게 새하

얀 마음으로 전환해 주는 특효약이다. 긴 시간이 필요하지 않다. 그럴 시간도 없다. 예약 시간이 바로바로 잡힐 때는 몇 분 안에 나의 마음을 처음으로 튜닝할 수 있어야 하는데, 그것을 가능하게 하는 유일한 도구가 음악이다. 상담실의 작은 오디오에서 흘러나오는 음악이 나를 가장 빨리 조율하는 힘이 있다는 것을 오래전부터 터득했다. 이렇게 인생에서 나의 감정을 중화하거나 진정이 필요할 때, 더러는 에너지를 채워주는 것이 음악의 힘이다. 즐겨 듣는 장르가 따로 있는 것은 아니다. 어쩌면 개성이 없다는 말이 적합하다. 그냥 어떤 연주든, 노래든 귀에 리듬이 들어오면 그것으로 충분하다.

그러다 보니 민요, 트로트, 올드팝송과 칸초네, 베토벤의 〈비창 2악장〉, 〈월광〉 등 다양한 장르를 마다하지 않는다. 잡식성이라고나 할까? 음악은 내 인생에 있어 필수영양소이다.

운동하러 나섰다가 마음이 내키면 노래방이 있는 쪽으로 방향을 바꾸어 버린다. 호주머니에 돈 한 푼 들어있지 않은 상태지만, 주저하지 않는다. 내 호주머니에는 휴대폰이 있기에 가고 싶을 때 들어갈 수 있다. 주인장에게 한 시간을 주문한다. 생수 한 병을 앞에 놓고 목청을 가다듬은 다음, 무대 앞에 선 가수처럼 진지하게 노래를 시작한다. 목소리가 갈라질 때까지 미련 없이 부르고 또 부른다. 한 시간은 눈 깜짝할 사이에 지나간다. 맘씨 좋은 사장님은 30분을 덤으로 추가해 준다. 생수를 벌컥벌컥 마시고 나서 다시 목소리를 가다듬고 불러본다.

'나는 가수다'의 주인공이 된다. 나의 노래는 혼신의 열정을 쏟아붓기에 말 그대로 열창이다. 잘 부르는 것보다 열정으로 부른다는 게 맞다. 점수에 연연하지 않는다. 속이 뻥 뚫릴 때까지 부른다. 운동 효과 못지않은 노래 부르기는 나에게 케렌시아이다. 가슴이 답답할 때, 복잡한 마음을 정리할 때. 에너지 충전이 필요할 때, 스스로 위로가 필요할 때, 그리고 부르고픈 욕구가 올라올 때 미련 없이, 주저 없이 들러 맘껏 부를 수 있는 노래방이 있어 좋다. 그 시간만큼은 나만의 케렌시아다, 누가 뭐래도.

04

음식, 건강을 예술하다

살이 통통하게 오른 오리 한 마리. 그 옆에는 살을 발라낸 뼈만 앙상한 오리 세 마리. 먼저 압력솥에 오리 뼈를 넣어 우려내고, 살이 붙은 오리 한 마리는 펄펄 끓는 물에 데쳐 오리 특유의 냄새를 없애고 불순물을 씻어 낸다. 압력솥에 오리 뼈를 우려낸 국물에 토막을 낸 오리를 함께 넣고 뚜껑을 덮는다.

주방에는 시원한 음악 소리로 가득 찼다. 소쿠리에 담긴 부재료를 손질한다. 표고버섯을 잘게 썰고, 당근과 무, 서너 개의 감자와 은행도 몇 알을 준비한다. 불린 찹쌀을 소쿠리에 받혀 물기를 뺀다. 압력솥에서 올라오는 강력한 소리는 재료가 푹 익어감을 알린다. 불을 끄고 식힌다. 그리고 구수

한 냄새를 맡으며 김빠진 압력솥에 준비한 부재료를 넣어 다시 가열한다. 얼마나 지났을까? 구수한 냄새가 진동한다. 코를 킁킁거리며 김이 모락모락 오르는 압력솥 근처에 얼굴을 들이댄다.

"앗 뜨거워!"

하고 깜짝 놀란 나는 잠에서 깼다. 가끔 현실에서 요리를 실제로 하는 것처럼 꿈을 꾼다. 비몽사몽이다. 이런 날이 자주 있다. 시장에서 음식 재료를 맘껏 못 사거나, 하고 싶은 요리를 못 하게 될 때 이런 꿈을 꾼다. 친구들이 나에게 별난 취미라고 한다. 평생 밥을 해왔는데, 꿈까지 꾸는 게 질리지 않느냐는 것이다. 전혀 그렇지 않다. 상상만으로도 음식을 만드는 건 즐겁고 창조적인 일임이 분명하다. 늘 새롭고 맛있는 냄새와 색깔, 각양각색의 식감들은 나의 오감을 충분히 즐겁게 자극한다. 이렇게 음식 만드는 걸 좋아하는 우리 집은 지리적으로도 아주 좋은 조건이 갖춰져 있다.

집에서 십 분 거리에 농수산물 새벽시장이 있다. 온갖 농수산물이 도매상인을 통해 마트나 식당 주인에게 판매되고 있고, 인근에 사는 부지런한 주부들도 즐겨 찾는 시장이다. 가까운 바다에서 출발한 다양한 해산물이 살아 꿈틀거린다. 지역 밭이랑에서 뽑아온 갖가지 채소들이 소곤거리는 것 같다.

새벽시장은 신선함이 넘쳐나는 갖가지 식재료가 나를 유혹한다. 시금치를 보면, 저걸 파랗게 무치면 달착지근한 맛이 살아날 것 같다. 몸매가 잘 빠진 총각무, 열무 등 다양한 김치 재료를 보면 저걸 사다가 이렇게 저렇게 만들면 맛있는 김치들이 식탁 위에 올라오는 건 시간문제다. 바다향이 물씬 풍기는 파래나 톳, 다시마와 미역을 보면 탐이 난다. 저걸로 톳밥을 해서 고소한 양념장을 끼얹어 먹으면 건강에 참 좋겠구나 싶고, 미역무침을 하거나 파래무침을 하면 바다향이 금방 주방을 꽉 채울 것 같다. 갖가지 조개들도 자기들끼리 세상을 이야기하는 듯 입을 벌렁거린다. 나도 모르게 침을 꿀꺽 삼킨다.

시장으로 출발하기 전, 사들일 식재료 목록을 세세히 적어 가지만, 현장에서 예상치 못한 변수가 늘 있다. 너무 싱싱해서, 너무 값이 싸기 때문에, 아무래도 오늘 만들면 맛있을 것 같은 예감에 적어 간 식재료 목록은 어느새 빛을 잃어버린다.

이것저것 바구니에 담고 보면 묵직하다. 집으로 오는 길의 내 머릿속은 주방에 도착해서 재료들을 가지고 무엇을 어떻게 요리할까를 상상하고 있다. 잰걸음으로 와서 주방에 펼쳐 놓으면, 내 마음은 부자가 되고 행복해진다. 앞치마를 두르고 음악을 튼다. 순서가 이미 정해진 음식들을 한 가지씩 머릿속에 시뮬레이션해 왔기에 숨돌릴 시간이 필요치 않다. 곧장 작업에 들어간다. 냄비에 물을 받아 불 위에 올리고, 채소를 분리해서 다듬고, 데칠 것, 소금에 절여야 할 것 등, 일의 순서는 정확하고 체계가 서 있다.

김치를 담그고, 생선은 삼삼하게 간을 한다. 오징어를 무치고, 머릿속과 손끝이 같은 방향으로 일사불란하게 움직인다. 음식이 완성된다. 맛있는 냄새가 주방에 가득 찬다. 이때 남편의 한마디 일침이 나온다.

"여보, 제발 대충해요. 당신은 사람 살찌게 하는데 소질이 있어요!"

등등, 신바람이 난 나에게는 그 말들이 격려의 말로 바뀌어 귀에 도착한다.

"이거 먹어봐요. 맛있지? 진짜 맛있찌?"

라며 완성된 음식을 남편 입에 가져다 들이댄다. 고개를 절레절레 흔들지만, 나의 강권이 이긴다.

"일단 먹어보시라니까!"

하고 일격을 가하고 입안에 밀어 넣는다. 그리고

"맛있찌?"

를 반복한다.

하는 수 없이 고개를 끄덕여주는 남편이 가끔은 얄밉기도 하지만, 늘 즐거운 표정으로 맛있게 먹어주는 모습이 감사하다.

갖가지 식재료를 다듬어 씻고, 칼을 휘둘러 불 위에서 조리되는 과정을 지켜보며 나는 무아지경에 이른다. 오직 식재료와 나의 손길, 나의 오감이 교감할 뿐이다. 얼마나 행복한 시간인지 모른다. 그때만큼은 나의 창의성이 최대한 발휘되고 맛과 향, 색깔과 모양새 등의 조화로 음식의 완성도를 끌어 올린다. 음식은 곧 예술이다. 그렇다고 대단한 요리라는 뜻은 결코 아니다. 갖가지 색깔이 선명하고, 식감이 다른 식재료 본연의 것에서 느껴지는 것이 참 좋다. 나의 상차림을 풍성하게 하는 거다.

음식을 창조하는 주방, 음악이 가득 찬 공간, 손 빠른 움직임, 번득이는 칼날, 편하게 드러누운 생선, 밭으로 뛰어갈 것 같은 갖가지 야채들. 어느 것 하나 탐스럽지 않은 게 없다. 나는 행복한 부자다. 이것저것 소박하지만, 싱싱한 재료들이 음식으로 재탄생된 걸 바라보면 예술작품을 감상하듯 뿌듯하다. 그렇게 행복한 나의 주방에서의 시간은 나만의 힐링이요, 나만의 케렌시아다.

05

'그래. 이 정도는 누릴 자격이 있어'

잠자리에 들면 등에서 아주 미미하지만, 열감과 통증을 조금씩 느끼기 시작했다. 처음엔 그냥 지나쳤는데 횟수가 거듭되면서 '이건 몸에 무언가 문제가 있어, 내 몸이 보내는 확실한 신호구나.' 라는 생각이 들었다. 자다가 통증을 느끼면 곤하게 자는 남편을 깨워

"내 등 가운데 손을 대봐요. 열이 나는가?"

자다 깬 남편은 더듬더듬 등에 손을 갖다 대고는

"아무렇지도 않구먼!"

하고 잠을 깨운 나를 원망하듯 퉁명스럽게 한마디를 던지곤 다시 깊은 잠에 빠진다.

'분명히 열이 나고 아픈데 왜 아무렇지도 않다는 거지?' 그러던 어느 날, 어깨가 아파 병원에서 사진을 찍었는데 의사는

"쓸개에 돌이 많이 있고 염증도 있는 거 같습니다."

라고 하면서 검사를 제대로 받아보라고 했다. 그 소리를 듣고 보니, 내가 그동안 밤이 되면 미열과 통증이 슬금슬금 찾아온 게 그 문제와 관련된 거라는 확신이 들었고, 점점 통증의 강도도 더해 갔다. 아버지께서 생전에 담석증으로 심한 통증에 시달리시는 걸 눈으로 보아왔기에, 그 고통이 얼마나 끔찍했는지를 짐작하고 있던 터라 덩달아 무서웠다.

우리 부부는 해운대에 있는 백병원을 찾았다. 사진을 찍었는데, 수술해야 한다는 결론이 났다. '수술하다가 죽을 수도 있을 텐데…. 아니 마취에서 못 깨어나면 죽는 거지.' 이런저런 불안한 생각이 스쳤다. '그런데도 이만할 때 미리 알았으니 다행이지.'라며 긍정적인 생각으로 전환하려는 의도적

인 노력을 해보기도 했다.

드디어 수술 날이 다가왔고, 아침 일찍 수술실을 향하는 침대에 누웠다.

"괜찮다. 겁내지 마라. 맘을 편케 묵어라~"

아마 언니도 은근히 걱정이 되었던 모양이었다. 수술실에 들어가면서 나는 웃으며 손을 흔들어 주었다.

"언냐, 걱정하지 마. 잘하고 나올게."

나는 걱정스러운 언니의 얼굴을 보며 마지막 순간에 웃음으로 언니를 위로했다.

시간이 얼마나 지났을까? 아주 멀리서 아득하게 들리는 소리가 있었다.

"환자분, 들리세요? 오정희 씨, 눈 떠보세요. 수술 끝났어요. 눈떠 보세요."

라는 외침이 귓전에 들려왔지만, 눈이 빨리 떠지지 않았고, 내 마음대로 되는 게 아니었다. 뺨을 살짝살짝 때리며 눈을 떠보라고 명령했다. 시간이 얼마나 지났는지 몰라도 눈을 뜨고 정신을 수습하고 나서 병실로 돌아왔다.

입원해 있는 동안 밥맛이 없어 도무지 먹을 수가 없었다. 속으로 이참에 살이라도 좀 빠지려나 하고 은근히 기대도 했다. 언니는 나의 이런 기대도 모른 채 밥맛을 잃은 나를 잠을 설치며 극진하게 간호해 주었다.

드디어 퇴원하고 집에 돌아와서 며칠을 누워있었는데, 도무지 힘이 나질 않았고, 입맛이 없으니 먹고 싶은 게 없었다. 뭔가를 맛있게 먹고 나면 회복이 될 것 같은데, 그 뭔가가 떠오르지 않는 거였다. 우두커니 방에 누워 '오정희, 지금 뭘 먹으면 힘이 날 것 같아? 말하면 다 해줄게.' 라고 나 자신에게 수없이 질문해도 내 속의 오정희는 고개를 저었다. 아무것도 먹고 싶지 않다고 계속 신호를 보냈다. 점점 체력도 떨어지고 우울하기 시작했다. 보름쯤 지났을 때 '내가 왜 이렇게 못 견디지?' 하며 추스르려고 해봐도 허사였다. 우울했다. 정말 말 그대로 자꾸 우울해졌다. 눈물도 나오고,

세상에 외로움은 나 혼자 다 가진 것처럼 서글픔이 밀려와서 이유 없는 눈물을 찔끔거렸다.

'그래, 오늘은 밖에 나가야지.' 하며 나갈 준비를 하다가 그냥 침대에 누워버리기를 수없이 했는데, 가을 햇볕이 따스하게 창가에서 나를 불렀다.

목욕탕에서 따스한 물에 몸을 담그면 좀 나아질까? 무거운 몸을 일으켜 목욕탕까지 걸어가는데, 세상이 바뀌어 버린 것 같은 기분이 들었다. 수술 전 세상이 아니고 낯설고 외로웠다. 골목도, 건물도, 지나가는 차량도 다 무의미하고 허허로웠다. 그동안 아픈 증상도 없어지고 수술했던 자리도 다 아물었는데, 내 마음은 아직 완쾌되지 못했다. '도대체 나는 무엇을 위해 그렇게 열심이라는 슬로건을 내걸고 최선이라는 행동을 해 왔을까?' 하는 의문이 끊임없이 꼬리를 물었고, 그 해답을 찾지 못한 채 나는 계속 우울감과 힘겹게 싸우고 있었다.

터벅터벅 무거운 발걸음으로 목욕탕 근처에 왔을 때, 작은 가게의 네일 숍 간판이 눈에 들어왔다. '그래, 나는 그동안 손톱 가꾸는 것을 한 번도 안 해 봤네. 저건 어떤 여자들이 하는 걸까? 라는 생각을 하는 순간, 나는 이미 네일 숍으로 들어서고 있었다. 안내를 받고 손을 내밀었다. 한 시간이 지나자 내 손톱은 너무 예쁜 모습으로 변신했다. '너무 예쁘네. 이렇게 예쁜 손톱을 나는 방치했고 관심조차 없었구나.' 하며 마음이 좀 가벼워졌고, 다시 목욕탕으로 향했다.

몸을 불리고 뜨끈한 탕에서 그동안의 피로감과 괴로웠던 기억, 그리고 잠을 제대로 못 자고 시달렸던 몸에 쌓인 독을 풀어내는데, 힘이 빠졌다. 손톱을 다시 쳐다봤다. '너무 예쁘다. 왜 나는 한 번도 이런 호강을 즐기지 못했지? 이제부터는 나를 호강시켜 줄 거야.' 라고 다짐했다.

그리고 목욕탕에서 처음으로 세신사를 불러내 몸을 맡겼다. 힘도 없었거니와 이제부터 '내 몸 사용설명서'를 다시 작성하기로 했다. 처음에는 어색하고 민망했지만, 그래도 '나는 이만한 서비스를 누릴 자격이 있어.' 하고 나를 격려했다. 세신사가 보내는 신호를 알아차리지 못해 조금 헤매긴 했지만, 타인의 손을 빌려 전신을 깨끗이 씻어 내는 게 여간 편한 것이 아니었다. 그날 나는 다짐에 또 다짐했다. 열심히 살아온 나에게 이제부터 손톱도 예쁘게 다듬어 주리라. 그리고 목욕탕에서의 호강도 빼놓지 않으리라. 집으로 돌아오는 길이 집을 나섰을 때 느꼈던 낯선 길이 아니라 옛날 내가 다니던 그 길이었다. 그렇게 기분 좋은 발걸음으로 지인의 집에 들렀다. 내가 손톱을 내밀어 보였다. 다들 예쁘다고 입을 모아 말해주었다. 나도 처음 하고 보니 아주 기분이 좋다고 했다.

그 이후 나는 손톱 관리도 가끔 했고, 목욕탕에서 세신 서비스도 필요할 때 잘 실천하고 있다. '그래. 이 정도는 누릴 자격이 있어' 라고 스스로 당당하게 이야기한다. 나를 위한 나만의 케렌시아! 나의 어깨를 토닥토닥 해주는 소리가 경쾌하다.

시원함을 넘어 내 몸을 위한 귀한 시간 40분이 지나간다.

"이제 끝났어요."

라며 전신에 따스한 물이 쏟아진다.

06

소곤거림, 너의 목소리

집을 나서면 5분 거리에 태화강이 흐른다. 태화강 산책로는 인근 주민이 가족이나 이웃과 함께, 더러는 연인끼리 삼삼오오 밤낮없이 즐겨 찾는 곳이다.

바쁜 일상에서 벗어나 '행복한 그리움'이 차오르는 날에는 나 홀로 태화강을 찾아 나선다. 딸은 시집가기 전, 퇴근 후 피곤해하는 나를 기어이 대동해서 강변을 거닐자고 했다. 평소에 말이 별로 없던 딸이었는데, 막상 멀리 시집을 가게 되니, 자신의 마음도 좀 뭣했는지 저녁 설거지를 도와주고는

"엄마는 운동이 필요한 사람이야."

라면서 강제 연행을 하곤 했다.

우리 둘은 손을 잡거나 어깨를 나란히 하고서 걷기 시작한다.

"엄마~ 엄마~"

나지막한 목소리로 시작한 이야기는 출발할 때의 피곤하다
는 말을 금방 거짓말이 되게 했다. 한 시간 남짓 태화강변을
거닐며 우리의 이야기 주제는 다양하다. 엄마와 딸이 되어
우리가 만난 과정, 어린 시절의 모습, 동생과 다투었던 이야
기, 사춘기를 보냈던 이야기, 낯선 미국 이야기, 단짝 친구
이야기, 엄마의 결혼 이야기, 직장에서의 소소한 이야기, 그
날그날 주제는 달랐지만 우리는 서로의 이야기에 귀를 기울
였다.

군이 말하지 않아도 긴 이별을 해야 하는 우리에게는 오늘
이 추억이 되어 떠나버린 빈자리를 메꿀 수 있었으면 하는
마음이 숨어있었고, 의도적으로 서로의 마음을 조금씩 다잡
아 주려 했던 시간이 되었다.

결혼식을 올린 딸이 갑자기 말 그대로 어른이 되어버린 것

같았다. 내 입장, 내 마음을 아주 깊이 이해하는 모습에서 "우리 딸, 어른이 다 되었네."라는 말을 자주 했다. 그렇게 다정한 딸을 보내야 하는 날이 다가오자 긴 이별 앞에 마음속으로 딸에게 속삭였다. '그래, 이제부터 너의 세상에서 잘 살아야 한다. 여기 걱정하지 말고, 어려움이 있어도 잘 참고 지혜롭게…. 넌 잘해 낼 거야.' 격려와 다짐, 소망과 아쉬움이 뒤범벅된 이별 준비는 그렇게 시간이 가까워지면서 우리가 선택할 수 있는 게 아니라 선택된 시간에 맞추어 떠나야 했고, 떠나보내야 했다.

딸이 떠난 텅 빈 방에는 딸의 체취가 그대로였다. 몇 가지의 옷과 화장품, 책과 필기구 등이 보물처럼 내 눈에 들어와 눈물이 났다. 딸이 떠난 울산은 울산이 아니었다. 집 안은 허전했다. 말도 없이 조용하던 딸의 자리가 그렇게 크게 와닿았고, 그만큼 내 마음도 외롭고 쓸쓸했다.

목욕탕에서 모녀간에 등을 밀어주는 모습을 보면 딸 생각이 났고, 백화점에라도 가는 날에는 모녀가 함께 쇼핑하는 모습이 유독 눈에 잘 들어왔다. 한눈에 모녀라는 걸 알아보는 시력이 더 좋아진 것 같았다. 딸과 함께했던 날을 떠올리면 나는 자꾸 가슴이 아려왔다.

직장 일에 매진을 해봐도, 집안일에 열심을 내 봐도 딸의 빈 자리는 채워지지 않았다. 가슴이 아팠다. 자주 꿈을 꾸었다. 꿈속에서 딸이랑 함께 태화강변을 걸을 때는 즐겁고 행복했다. 그러나 꿈에서 깨어나면 슬프게 울었다. 꿈인 줄 알면서도 눈물이 멈추지 않아 딸의 이름을 부르며 엉엉 우는 날이 많아졌다. 남편이 달려와서

"이 사람아, 또 꿈꾸었나? 꿈이다, 꿈. 얼렁 잠 깨 봐라. 울지 말고."

나의 어깨를 세게 흔들어 잠을 깨웠다. 이미 잠은 달아났지만, 꿈속 감정에서 벗어나지 못해 울곤 했다. 보고 싶고 그리워서…. 못해 준 것이 너무 많아서 자꾸 생각이 나고, 후회와 자책하는 일이 점점 더 많아지기 시작했다. 전화라도 오면 울지 않으려고 안간힘을 썼지만, 눈물이 먼저 나와 엄마 체면이 말이 아니었을 뿐 아니라 딸한테 도움을 못 주는 바보 같은 울보 엄마가 되어버렸다.

"엄마, 내가 머라캤노? 한국에 있어도 친정에 자주 못 가는
친구도 많잖나! 내가 일 년에 한 번씩은 꼭 가고, 엄마도 여기
오모 되자나."

부재한 딸의 시간은 내가 울어도, 딸이 나를 달래줘도 태화
강물처럼 쉼 없이 흘렀다. 기가 막힌 딸은 엉엉 우는 엄마를
어린애 달래듯 타이르곤 했다. 어리석고 미련한 엄마였다.
어느 날 화상통화를 하면서 징징 우는 나를 보고 눈물을 글
썽이며 속상해하는 딸의 모습을 보자 정신이 번쩍 들었다.
그동안 딸 생각이 날까 봐 겁이 나서 태화강을 애써 찾지 않
았는데, 그날 저녁 설거지를 마치고 딸의 이름을 부르며 태
화강을 찾았다.

"우리 지형이는 잘 사는데 엄마가 바보같이 살았네. 이제 절
대 안 울게."

라며 스스로 다짐했다. 달빛에 물든 강물도, 강물에 풍덩 빠
진 달빛도, 얼굴을 스치는 바람도 딸과 함께했던 그 느낌 그

대로였다.

그날 이후 보고 싶은 마음이 올라오면 강변을 한 시간 가까이 혼자 걸었고, 집으로 돌아온 후에는 잠도 잘 자고 마음이 조금씩 단단해지기 시작했다.

바다를 향하는 강물의 흐름도 멈추지 않고 시간도 흘러 딸이 오기도 하고, 우리 부부가 가기도 하면서 딸이 약속한 '일 년에 한 번 만나기'는 잘 지켜졌다.

딸이 보고 싶은 날에는 씩씩하게 태화강변을 걷는다. 혼자 걷는 산책길은 딸의 작은 목소리의 소곤거림이 들려온다. 혼잣말이지만 딸과의 대화를 이어간다.

"지형아, 오늘 엄마는 이런저런 일이 있었어."

라고 이야기를 시작하는데, 눈치 없는 물고기가 물 위를 '철 버덩!' 하고 소리 내며 펄쩍 뛰어오른다.

"너! 너! 분위기 깰래? 이놈!"

물 위를 뛰어오른 겁 없는 물고기에게 한마디 쏘아붙인다. 별빛은 강물에 흐르고, 부드러운 밤바람은 내 마음의 평안을 한 자락 내어준다.

멀지 않아 봄이 오면 매년 그러했듯 햇살 내려앉은 강물의 눈부심, 수양버들이 연두색 옷을 입고 바람에 제 몸을 흔들며 춤사위를 보여주는 곳, 갖가지 꽃이 피어 찾는 이의 감탄을 끌어내는 곳, 허연 머리 갈대가 서로를 부대끼며 아쉬운 가을과 작별을 고하는 서걱거리는 노래가 들려오는 곳, 가을은 그렇게 익어가고 멀지 않아 차가운 강바람이 불어올 거라는 걸 예감한다.

마음속 딸과 언제든 공존할 수 있는 딸의 소곤거림이 들려오는 곳, 나의 이야기를 펼쳐 놓고 강물에 빠진 별을 건져내는 수많은 밤들, 태화강이야말로 진정 나의 케렌시아다.

07

꾹꾹 자판을 누르며

언제부터일까? 거슬러 보면 아마도 중학교 다닐 때쯤일 것 같다. 때가 사춘기니만치 아무도 몰래 일기를 쓰기 시작했고, 일기로 시작한 글쓰기는 습관적으로 종이가 있으면 뭣이든 끄적이곤 했다. 그땐 사춘기라고 해서 누가 특별히 알아주는 것도 아니고, 사춘기 청소년의 문제가 크게 와닿지도 않았다.

사춘기에 접어든 당사자들 역시 무슨 연유에서인지 몰라도 싱숭생숭한 마음을 학교에서 수다를 떨거나 또래 관계에서 풀어내지 않았나 싶다. 그런데 나는 그즈음에 유독 죽고 싶은 생각을 자주 했다. 세상 사는 게 무의미하고 허망했고, '왜 사느냐?' 는 질문에 함몰되어 나름 많은 고심을 했으니,

아마도 사춘기 증상임이 분명했다. 밤이 되면 엎드려 가당찮은 유언장을 수없이 적었지만, '밤에 쓴 편지는 부칠 수 없다.'더니 역시 날이 밝으면 그렇게 고심하여 적었던 유언장은 어김없이 쓰레기통으로 들어갔다.

우리집에는 개뿔은 없어도 유성기, 라디오, 전축, 커다란 녹음기, 텔레비전 등 시대에 따라 판매되는 제품들을 아버지의 남다른 감각으로 동네에서 제일 먼저 갖추어 놓았다. 덕분에 어린 나도 일찍부터 음악을 듣는 데 익숙했고, 아이답지 않게 흘러간 옛노래에 심취했다. 요즘 말을 빌리자면, 길을 가다가도 트로트를 한 소절 듣고 나면 금방 따라 부를 수 있는 가사 암기력만큼은 출중했다. 그땐 유행가라고 했는데, 학생이 유행가만 주야장천 불러댔으니, 공부에는 관심이 없을 수밖에⋯. 평소 수학, 영어는 잘 못 했어도 최신 유행가는 가장 먼저 익혀 친구들에게 가사를 적어 줄 정도였다. 이는 순전히 아버지 덕분이었고, 집안에서 노래가 끊이지 않았던 덕분이 아닌가 싶다.

노랫말도 옮겨 적고, 주소도 적고, 친구 이름도 적고 하고 싶은 거, 가고 싶은 곳, 꼭 갖고 싶은 것의 목록들, 마음에서 올라오는 갖가지 이야기를 시도 때도 없이 적었다. 그렇게 적는 순간이 나는 자연스러웠고 편한 상태였다.

고등학생 때는 친구들의 연애편지 대필도 자주 해주었다. 친구의 감정을 내가 대신해 읽어주는 특별난 재주가 있었던 것 같다. 전하고 싶은 말이 뭐냐고 물어보고 핵심 용건 외에 감정을 내 마음대로 쓰고 보면 친구의 귓속말 극찬이 들렸다.

"정희 니노 내 마음을 우예 이래 잘 아노?"

라며 자기 마음에 딱 맞는 편지라며 좋아했다.

그렇게 저렇게 글을 썼지만, 좀 더 자주 글을 쓰기 시작한 것은 아마 딸을 시집보낸 후 허전했던 마음을 메꾸어 보려고 시작한 것이 계기가 된 것 같다.

딸을 멀리 보낸 후 나는 컴퓨터 앞에 앉아 딸에게 하고 싶은 이야기를 적고 또 적었다. 그러나 이 또한 딸에게 보낼 수가 없었다. 엄마의 마음을 그대로 밝히면 딸아이가 힘들어할까 봐 겁이 났다.

어느 날부터인가 휴대폰에 글을 적기 시작했다. 쓰고 싶은 마음이 올라오는 걸 참지 못했다. 아니, 딸에게 하고 싶은 이야기가 자꾸만 가슴에서 손끝으로 전달되어 쓰지 않으면 견딜 수가 없었다. 태화강변을 걷거나 버스 안에서나 글을 쓰는 날이 지속되면서 꿈을 꾸고 울었던 증상이 확연히 줄어들었다. 아니, 내 생활의 일부가 글을 쓰는 패턴으로 바뀌었다는 말이 적당할 것 같다. 그렇게 글을 쓰기 시작하면서 나는 '무대뽀' 정신으로 마음이 시키는 대로 적었다.

자판을 꾹꾹 누를 때 막혀버린 숨구멍이 트이는 것 같았고, 속이 후련해졌다. 자꾸 썼다. 쓰고 또 썼다. 쓰고 또 쓸 수밖에 없었다.

늘 첫 소절은 '보고 싶은 내 딸 지형아!' 였고, 무슨 이야기가 그렇게도 많았는지 시간 가는 줄 모르고 썼다. 쓰고 지우고 하다가 마침내 다 쓰고 다시 읽어보면, 그 마음이 사그라져 부끄럽고 내가 허용하지 않는 마음이 적나라하게 펼쳐진 글은 삭제 버튼을 미련 없이 꾹꾹 눌러버리기를 반복하는 동안 몇 년이 지났을까?

딸과 애틋했던 그동안의 이런저런 마음을 표현한 휴대폰을 이용한 글쓰기가 어느 날 방향을 바꾸었다. 밴드를 만들어 매일 쓰고 싶은 나만의 이야기를 쓰기 시작했다. 잘 보존된 글은 언제든 꺼내서 읽고 수정해 가면서 쓰기 시작했다. 밴드를 운영하면서 나의 이야기를 겁도 없이 주절주절 늘어놓았다. 뭔가 좀 부족한 듯하여 양념으로 상담 과정에서 느꼈던 이야기들, 심리 관련 이야기들을 조금씩 추가하면서 나의 글쓰기는 멈추지 않았다.

밴드에 쌓여가는 글을 정리해서 한 권의 책으로 엮기로 했다. 무식하면 용감하다더니, 내가 그렇게 용감해졌다. 책을 내겠다는 계획을 세우고, 2020년 초가을에 한 권의 에세이집을 완성했다. 멋모르고 시도했지만, 뿌듯했다. 그냥 내가 한 권의 책을 만들어 냈다는 얕은 생각에 좋아했던 것도 잠시, 책을 펼쳐 읽어보면 '이걸 조금 더 다듬었어야 했는데' 하는 아쉬움이 생겼다.

후회는 이미 늦었다. 활자화된 책은 나의 무지를 감추기에는 역부족이었고, 버젓이 물적 증거로 세상에 하나의 이름으로 존재하니, 후회는 소용이 없었다. 그렇다고 내가 쓰고 싶은 마음이 없어진 건 더욱 아니었다. 내 인생에 세 권의 책을 출간하겠다는 버킷리스트가 있었으니, 글쓰기를 멈출 일은 아니었다.

글을 쓸 때 나는 오직 홀로다. 수많은 기억의 조각조각을 퍼즐 맞추듯, 하루하루의 역사를 작은 문자판을 통해 적는 글쓰기는 언제나 평안함이 따랐다. 날실에 나의 하루를, 씨실에 나의 마음을 엮어내면 한 편의 글이 되었다. 행복한 글쓰기다. 길을 가다가도 쓰고 싶은 충동을 못 이기면 길섶에 서서 그때 그 순간, 그 마음을 적었다. 마음이 시키는 대로 적기만 하면 되었다.

글을 쓸 때는 아무것도 들리지 않고, 보이지도 않는 순간이 되었다. 그냥 떠오르는 생각, 쓰고 싶은 마음을 글로 환생시킬 뿐이었다. 무아지경이 바로 그 순간이 아닐까? 이렇게 글을 쓰는 순간이야말로 진정 나를 위한 나의 케렌시아라 느꼈다.

언제 어디서든 마음이 시키는 대로 손가락을 움직이면 되었다. 더도 덜도 아닌 마음이 시키고, 꾹꾹 자판을 누르며 손가락이 움직이는 순간! 이는 나만의 케렌시아임이 분명하다.

묵은지 친구

"긴급제안! 야채 샐러드 점심, 우리집으로 초대할까 하는데 좀 일찍 오면 좋겠고, 가능한지 알려주세요."

카톡의 알림 소리가 요란하다. 우리는 예정도 없고, 예약도 없다. 그냥 이렇게 만나고 헤어진다.

언제든 마음이 바로 직통으로 연결되는 전화 한 통, 카톡 한 번으로 우리의 만남은 일사천리로 이어진다. 자매 같고, 이 웃사촌 같고, 친구 같다. 더도 말고, 덜도 말고 우리는 있는 그대로의 모습으로 연결할 수 있는 세상에서 가장 편한 사이이다.

우리의 만남은 강산이 서너 번 변했어도 그 모습 그대로다.

오랜 만남의 목적은 기쁜 일이 있을 때, 일상에서 방전되어 버린 몸과 마음에 충전이 필요할 때, 좋은 걸 나누고 싶을 때 약간의 스트레스라도 나눌 필요를 느낄 때이다.

우리집 식탁 앞에서 내가 행복한 마음으로 만들어 낸 소박한 음식을 마주하며 수다를 떨기도 하고, 가끔은 함께 온천욕을 가거나 여행이라는 명분으로 어디론가 떠난다. 그리고 소문난 맛집 정보를 알게 되는 즉시 공유한다. 그럴 때 우리는 다시 뭉친다. 아주 작은 사연들이 우리가 만나야 할 이유가 되는 날이다.

그 시간만큼은 자신의 직분을 안방에 내려놓는다. 아내도 아니고, 엄마도 아니다. 며느리도 아니다. 그냥 온전히 우리일 뿐이다.

누구든 먼저 가고 싶은 곳을 제의하면 우리는 떠난다. 그곳이 어디든 준비된 몸과 마음은 실천으로 바로 옮겨지는 힘이 있다. 정자 해수탕이 되기도 하고, 가까운 찜질방이 되기도 하고, 입소문이 난 유명한 맛집이 되기도 한다. 경주나 부산 등 인근지역도 마다치 않는다. 하룻밤도 좋고 한나절도 괜찮다.

우리는 몸과 마음이 하나로 연결되어 일사불란하게 움직인다. 하룻밤을 보내며 밀렸던 이야기보따리를 꺼내 밤새 풀어헤친다. 여기저기 생채기가 났거나 더러는 빛나는 새 보자기도 선보인다.

세상에 이보다 편한 관계가 있을까 싶다. 세상에 이보다 진심일 수 있을까 싶다. 서로를 아끼고 염려해 주는 마음이 반짝거린다.

우리 부부가 장기간 집을 떠나 딸네 집에 갔을 때, 고령의 부모님을 두고도 마음 가볍게 다녀올 수 있었던 것은 순전히 이들 덕분이다. 이웃사촌을 믿는 구석이 있으니, 마음 편히 장시간 여행을 다녀올 수 있었다.

내 삶에 이들이 없었다면 황량하고 허허로운 벌판에 홀로 서 있는 날들이 많았을 텐데, 이들은 나에게 나무가 되고, 꽃이 되고, 가끔은 바람이 되어주곤 했다. 각자의 삶의 무게를 잠시 내려놓을 수 있는 마음들이다.

희한하게도 우리 모두는 시부모님을 모셨고, 친정 부모님을 마지막까지 섬겼던 경험이 공통분모이기도 하다. 나는 아직 진행 중이지만, 가족관계가 비슷한 여건이 우리의 공감대를 알게 모르게 더욱 두텁게 만든 요인이 되지 않았나 싶다.

각자 성격이 다르고, 사는 방식도 다르고, 가치철학도 다르지만, 우리는 '우리'가 될 때 '공감'이라는 연결감이 세상 그어떤 집단보다 강하고 돈독하다. 서로를 신뢰하고 헌신해 주는 마음, 기쁨과 슬픔을 자기 일처럼 나눌 수 있는 마음을 가진 귀하고 귀한 친구요, 이웃사촌이다.

이들이 함께할 때 생성되는 에너지는 충전과 힐링이다. 물론 일방적이지는 않다. 늦은 나이에 삶의 방향을 어렴풋이 그어놓은 모습 또한 각자 다르지만, 그 다름을 인정하고 존중하는 우리다. 직업적으로 시간에 자유롭지 못한 나를 배려해 줄 때는 늘 고맙고 미안하다. 함께 잠시라도 만나면 일상의 소소한 이야기꽃이 핀다. 매우 긍정적인 쪽으로 치닫는 이야기여서 헤어질 땐 더 가벼워진다.

나는 사람을 만나고 대화하는 직업을 가졌다. 대부분은 무겁고 힘든 이야기가 주제다. 그에 비해 우리의 만남은 그 어떤 만남보다 가볍고 따스하다. 소화가 잘되는 죽 같은 사이이다. 그냥 무슨 이야기가 나와도 거리낌이 없으니 편하다. 가볍고 손쉬운 묵은지 같은 이야기들이니까. 길을 가다가도 만나고, 어딜 다녀오다가도 들른다. 걸림 없는 만남이 이어지는 동안 강산이 서너 번은 변하였으니, 오래된 묵은지 같은 친구들이다.

코로나로 외출하지 못하게 되어 이것저것 필요한 것을 부탁할 때면 신속하게 사서 현관 앞에 갖다준 고마운 이웃이다.

우리 마음은 "만나면 좋~은 친구"다. 귀한 우리의 만남은 언제나 일상에서의 소확행에 일조를 단단히 해낸다. 우리가 함께할 때 어떤 고민도 문제가 되지 않는다. 따스한 위로와 지지, 격한 공감과 동의, 가벼운 충고와 조언들, 서로의 경험을 공유하면서 회복하고 충전한다.

유안진 님의 《지란지교를 꿈꾸며》의 글귀가 생각난다.

> "입은 옷을 갈아입지 않고도…. 입에 김치 냄새가 좀 나도 흉보지 않을. 나는 도 닦으며 살기를 바라지 않고, 내 친구도 성현 같아지기를 바라지 않는다."

귀하고 소중한 친구요, 귀한 이웃사촌이 가까이 있어 우리의 행복 지수를 더해 준다.

더러는 낯설고, 찬바람이 볼을 스치는 세상 한가운데 서 있는 듯한 외로움이 몰려올 때 묵은지 같은 부드럽고 익숙한 맛, 우리만의 만남은 곧 나의 케렌시아다.

09

일을 통해 행복에 이르는 천직

2011년, 정년을 3년 남겨둔 상황에서 딸아이가 출산하게 되어 직장을 그만두었다. 친정 엄마표 보살핌의 기회가 두 번 다시 없을 것 같아 주변의 만류에도 사직서를 제출하고 딸에게 달려갔다.

엄마와 딸이라는 인연으로 만나 시집을 보낼 때까지 부모로서 뭘 제대로 지원해 주거나 알뜰살뜰 챙겨주지 못한 아쉬움이 늘 후회와 자책으로 이어졌기에, 이번만큼은 친정엄마 역할을 한 번 제대로 해보고 싶었다.

미국은 산후조리라는 게 한국과 다른 점이 많았다. 미역국도 잘 안 먹으려고 하고, 뜨끈한 방바닥도 없었지만 잘 적응하는 딸이 고맙고 대견해 보였다. 나의 역할이 끝날 즈음에 돌아올 준비를 하면서 남편에게 전화했다.

"여보~ 한국 가서 나는 뭘 하지?"
"뭘 하긴, 밥하고 빨래하모 되지!"

라는 간단명료한 대답이 들려왔다. 막막한 무언가가 기다리는 것 같은 마음으로 울산으로 돌아오는 하늘길은 멀지 않았고, 제자리를 찾은 듯 미루어졌던 일을 일사천리로 해결했다.

그런데 내 몸은 쉴 준비가 되지 않은 상태로 수년간 직장생활을 해 왔던 관성이 나를 아침 일찍 깨웠고, 어디론가 가야할 것 같은 데 갈 곳이 없는 무료함이 쌓여가는 날들이었다. '그동안 나는 무엇을 했을 때 가장 행복했던가? 나의 유능감은 무엇을 통해 발휘되었던가? 내가 가장 하고 싶은 일은 무엇이며, 내가 가장 잘 해낼 수 있는 일은 무엇일까?' 이런저런 생각 끝에 어렴풋이 내가 하고 싶은 일이 떠 올랐지만, 막상 실천하기에는 부족함이 느껴졌다. 실행하고 싶은 욕구와 막연한 불편감의 무게가 거의 비슷했다.

시간은 멈추지 않는데 일상은 멈추고 있다는 기분이 나를 적극적으로 움직이게 했다. 이렇게 결정에 어려움을 겪고 있을 때 함께 근무했던 신뢰가 두터운 상사를 우연한 기회에 만나게 되어 나는 주저 없이 지금 상황의 심정을 이야기했다.

"자고 나면 오라는 곳이 없어 무엇을 하고 살아야 하는가에 대한 숙제가 생겼어요."

"아니, 팀장님은 상담 일을 하셔야지요? 그동안 해 오신 일을…."

라고 했다. 그분의 대답은 주저 없이 명쾌했다.

상담 일을 한다는 건 개인상담소를 운영한다는 뜻이었고, 이는 그동안 상담업무를 맡아 해왔던 터라 자연스럽게 이어질 수 있겠다는 생각이 들었다. 그러나 내가 상담소를 직접 운영한다는 것은 차원이 달랐다.

유료상담소를 운영하는 것에 과연 자격이 되나 하는 주저하는 마음을 다시 전했다. 그때 그분의 한 말씀이 더해졌는데,

명언이었다. 내가 듣고 싶은 말이었고 용기가 생겼다.

"팀장님도 아시겠지만, 상담이란 게 책상 위에서 만들어진 학위로만 되는 게 아니잖습니까? 사람을 많이 만난 경험이 더 중요합니다. 팀장님의 경험이라면 얼마든지 해낼 자격이 됩니더."

그 말에 갑자기 에너지가 뿜어져 나오는 것을 느꼈다. '그래, 내게 부족한 공부는 다시 시작하자. 무엇인들 못 하랴?' 사직서를 내기 전 이미 서울에서 가트맨 레벨1 과정을 마친 상태였기에, 이어서 수업을 듣기로 결심했다. 그렇게 시작된 서울 길의 첫 목표는 국제공인 가트맨 부부치료사 자격증에 도전하는 과정이었다.

매주 토요일 새벽 5시에 집을 나서면 이튿날 일요일 저녁 11시가 되어서야 집에 돌아왔다. 보통 1박 2일 수업으로, 배우고 또 배워도 행복한 배움의 목마름이 가시질 않았다.

남편은 나의 가방을 대신 어깨에 걸친 모습으로 한 번도 거르지 않고 학성공원 정류장까지 배웅해 주면서 새벽같이 집을 나서는 마누라에게 격려의 말을 퉁명스럽게 던진다.

"당신 거어~ 학교 다닐 때 하라는 공부 안 하고 농땡이 치다
가 인제 와서 공부에 열 올리는 거지?"

나의 대답은 이러했다.

"우케 나를 이리 잘 아시는지 몰라. 사실 내가 학교에 다닐 때
매미처럼 노래만 불렀지, 공부는 못한 거 맞아. 그런데 이 심
리 공부라는 게 나한테는 맞춤 서비스 같아. 공부가 이렇게
재밌다는 걸 이 나이에 알았으니, 내가 미련한 건지…."

라며 미안한 마음을 전했다.

강의실에서 이론을 듣고 실습을 하며 말 그대로 온몸으로
채워가는 나를 돌아보면서 '나도 이렇게 공부를 열심히 재
미있게 할 수 있구나.' 하며 신통한 마음이 일어나곤 했다.

토요일 수업을 마치고 나서는 김밥 한 줄을 손에 들고 서울
역 뒤쪽에 있는 실로암 찜질방으로 향했다. 샤워를 끝내고

김밥으로 저녁을 먹고 다소 어둡지만, 가방에 있는 보물단지를 꺼내 펼쳐 놓고 복습을 했다.

이른 시간에 다시 강의실을 찾으면 따끈한 차와 맛있는 떡이나 과일, 삶은 달걀과 고구마 등 박사님의 따뜻한 배려가 듬뿍 담긴 소박한 음식이 나를 기다렸다. 허기진 체력과 마음을 채우기에 넉넉했던 갖가지 간식을 준비해 주신 최 박사님의 그 마음에 연결감을 느꼈다. 더러는 체력적으로 무리가 갔지만, 행복했기에 모든 걸 다 감당할 수 있었다.

귀갓길 기차에 앉아 이렇게 행복하게 배우는 걸 중·고등학교 때도 그랬더라면 틀림없이 나는 하버드에 가지 않았을까 하는 생각에 혼자 피식 웃곤 했다.

버스에 오르면 손을 흔들어 배웅하는 남편과는 이튿날 늦은 밤에 학성공원 버스 정류장에서 재회한다. 버스에서 내리면 가방을 덥석 받아서 어깨에 메고 앞선 남편은 반가운 마음을 투정하듯 한 말씀 던진다.

"배운 공부는 머리에 넣어 와야지, 가방이 왜 이래 무겁노?"

나의 피곤함을 덜어주려는 남편과 나는 심야 데이트를 즐긴다. 한결같은 마음으로 기다려주는 모습을 떠올리면 지금도 마음이 따스해진다. 몇 년간 서울 길을 줄기차게 다닌 끝에 나의 목표를 이루어냈다. 스스로 대견하였고 자랑스러웠다. 그리고 감사했다.

국제공인 가트맨 부부치료사, 심리상담사, 감정코칭 전문강사 멘토, 라이프코치, MBTI 일반강사 자격 등을 준비한 나의 강의와 상담은 나를 행복한 순간으로 이끌어 주는 묘한 힘이 있다. 배우는 과정의 행복도 컸지만, 나의 내면을 재세팅하는 기회를 통해 스스로 조율하며 감사할 줄 아는 마음, 귀한 에너지를 충전할 수 있는 길이 열렸다.

가끔 늦은 시간에 상담을 마치고 남편과 마주하면

"그 참 희한한 사람이네. 속 시끄러버 하는 남의 이야기를 지금까지 듣고 있었으면 지칠 만도 한데, 우째 당신 눈은 더 반짝거리노?"

맞다. 당신은 죽었다 깨어나도 모를 거야! 나는 눈이 반짝거리고 마음도 반짝거린다. 아니, 내 삶이 반짝거린다.

피곤한 일이 아니라 채움의 시간이 되는 것이다. 오직 내담자와 나와의 시간으로 채워지는 세상은 지금도 돌아간다. 온전히 집중하고 온전히 공감하면서 새로운 관점으로 세상을 바라보며 우리는 하나가 되고, 치유의 힘이 연결되는 시간이 된다.

상담의 특성상 어떤 사람이 어떤 이야기들을 꺼낼지 알지 못한다. 그러기에 늘 준비되지 않으면 감당하기가 쉽지 않은 직업이다.

내담자의 마음과 온전히 함께하며 변화되는 치유과정을 지켜보면서 이루 말할 수 없는 감사와 희열을 느낄 수 있는 소중하고 멋진 직업이라 생각한다. 오랜 세월 앓아왔던 깊은 상처, 치유될 수 없을 것만 같았던 깊은 갈등과 두려웠던 관계가 서서히 회복되는 걸 지켜보는 나로서는 직업 선택에 있어 성공한 것이 분명하다.

각자 자신 속에 성장을 멈춘 수많은 자신을 만나 못 다한 마음을 토해내고, 그 마음을 성장시켜 건강하고 바람직한 관계로 연결하는 기술을 깨닫고, 실천하는 과정을 도와주는 일이 얼마나 소중하고 멋진 직업인가 말이다.

세상 어떤 일보다 선한 영향력을 맘껏 펼칠 기회를 가지며 내게 가장 잘 어울리는 천직이라는 행복한 감정을 매일 건져 올린다.

내가 준비한 마음 표 빨강 아까징끼[1]를 내담자들이 자신의 삶에 치유제로 활용하는 것을 느끼는 순간, 우리는 헤어질 결심을 해도 되는 시간이 다가온 것이다.

강의와 상담 시간이야말로 나의 효능감을 극대화할 기회요, 나의 선한 영향력을 발휘하는 기회이기도 하다. 나의 일을 통해 꿈을 실현하고 배우는 과정에서 다짐했던 사명감을 불태우는 시간이요, 감사함으로 행복에 이르게 하는 나만의 케렌시아이기도 하다.

감사 또 감사할 뿐이다.

---

1) 머큐로 크롬, 구급약으로 널리 사용되었다. 소독약으로 상처 난 부위에 발라서 이용한다.

10

나의 뒤뜰 학성공원

　　나의 뒤뜰은 울산광역시 중구 학성공원3길 54에 소재하고 있다. 태화강이 가까이 있으며, 제법 규모가 있다. 중요한 건 내가 신경 쓰지 않아도 철 따라 피고 지는 꽃과 잎, 숲의 하모니를 그냥 즐기기만 하면 된다는 사실이다. 이곳은 몇몇 조형물과 기념비 그리고 보물도 있다. 이삼백 년은 족히 살아온 듯한 소나무는 사시사철 푸른 옷을 입고 믿음직하니 서 있어 언제 만나도 듬직하다. 주변에는 그와 세월을 함께한 벚나무, 단풍나무, 상수리나무, 사철나무, 은행나무, 동백과 대나무 등 아직도 통성명하지 못한 갖가지 나무들과 풀이 어우러져 찾는 이들에게 계절의 변화를 느끼게 하며 푸근함을 선물한다. 그런 연고로 나의 뒤뜰은 대문도 없이 일 년 삼백육십오일 누구든 환영하고 상시 개방하는 넉넉함이 있다.

나의 뒤뜰에는 많은 이들이 계절마다 찾을 만한 그럴싸한 이유가 많다. 봄에는 만개한 벚꽃을 보지 못하면 눈병이 난다. 여름이 오면 나뭇가지 사이로 불어오는 상큼한 바람과 나뭇잎의 넉넉한 옷자락으로 시원한 그늘을 내어주니, 세상살이에 데워진 가슴을 식혀 주는 그 바람을 만나기 위해서 찾는다. 가을이 오면 꽃만큼이나 아름다운 옷을 입고 오색찬란한 단풍의 향연도 운치를 더하고, 가을만이 주는 쓸쓸함을 즐기기 위해 나는 홀로 찾기를 즐긴다. 성급한 가을을 보내고 돌아서면 이미 겨울은 다가와 알싸한 바람과 낙엽 구르는 소리가 우리의 허허로운 가슴에 스며든다. 계절과 관계없이 굳어버린 근육을 유연하게 풀어보며 이마에 땀이 맺히도록 달리는 나이를 잊어버린 청춘을 만나기도 한다. 이러한 나의 뒤뜰에는 계절마다 식탁 위에서 얻을 수 없는 서정의 영양소가 가득하여 일용할 감사 거리와 살아갈 에너지 탱크를 채우기에 충분하다.

허허롭고 답답할 때, 뱃살의 두께가 조금 늘어났음을 느낄 때, 근육이 물컹거릴 때, 더러는 다리에 힘 좀 붙여 보려 할 때, 하루 운동량을 채우려 할 때 너도나도 앞서거니 뒤서거니 활기찬 발걸음들로 나의 뒤뜰은 생동감이 넘쳐난다. 빙글빙글 몇 바퀴 잰걸음으로 걷다 돌아가는 그들의 어깨 위에 뿌듯함이 더하고 발걸음은 더욱 가볍다.

바람 싸한 초겨울, 대나무 사잇길에 들어서는데 키 작은 대나무는 서로의 얼굴을 맞대고 서걱서걱 그들만의 노래를 한다. 겨울의 청량함이 대나무 노래에 더욱 맑아져 푸른 대숲의 체취는 싱그럽고 오묘하다. 가슴에 담아둔 뜨거운 이야기들을 식혀내며 천천히 옮기는 발걸음은 어느덧 늠름한 소나무가 기다리는 산책길로 들어선다.

인기척을 느낀 청설모 한 마리가 후다닥 몸을 피한다. 자연을 사랑하고 쥐새끼 한 마리도 무서워하는 나를 몰라보고 작은 몸짓의 청설모는 적군을 만난 듯 쏜살같이 키 큰 소나무 끄트머리를 향해 달음박질한다. '걸음아 나 살려라.' 하며 달아나는 청설모의 뒷모습을 물끄러미 쳐다본다. 동백이 파리보다 작은 얼굴을 빼꼼히 내밀며 흔들거리는 가지 위에서 청설모도 나를 내려다본다. 아무래도 저 작은 몸으로 단숨에 오르느라 심장이 좀 벌렁거렸겠다 싶어 안쓰러운 마음에 모른 척해 주는 나에게, 이 녀석은 왜 몰라주느냐는 듯 훌쩍 날아 다른 나뭇가지 위에 안착해서는 '나 잡아봐라.' 하는 자신감 넘치는 모습에 피식 웃음이 나온다. 저 녀석이 내 마음을 훔치려는 폼새로 고개를 갸우뚱거리며 나의 행동을 예의주시하는 게 예사롭지 않다. 방금 깜짝 놀라 도망친 저 녀석은 이 사실을 알 턱이 없겠지만, '걸음아 날 살려라.' 하며 나무를 오를 때 정작 놀라 심장이 벌렁거린 건 나였는데 말이다.

봄의 향기가 짙어가는 아침, 벚꽃과의 재회를 위해 바쁜 마음을 잠시 내려놓고 집을 나선다. 흐드러진 꽃들이 바람 한 점에도 제 몸을 흔들며 한껏 아름다운 몸짓으로 나를 반긴다. 겨우내 움츠렸던 나른해진 가지들은 오늘을 기다렸다는 듯 힘찬 기지개를 켜고 꽃과 잎을 앞다투어 피웠다. 벚꽃은 제 몫을 다하려는 듯 화사한 얼굴로 활짝 웃고 있다. 이때가 되면 낮도, 밤도 동네방네가 환해진다. 너도나도 꽃을 보러 대문을 나서게 됨은 '벚꽃이 만발했으니, 벚꽃이 지기 전에'

라는 명분으로 삼삼오오, 더러는 나처럼 간 큰 이들은 혼자서도 나선다. 절정에 이른 벚꽃을 바라보며 감탄을 자아내는 탄성이 여기저기서 들려온다.

숲을 이룬 갖가지 나무들에도 벚꽃에 뒤질세라 앞다투어 새순이 돋아 초록이 동색이 아님을 증명이라도 하듯 저마다의 색깔로 아름다움을 뽐낸다.

몇 걸음 옮기면 벚꽃을 질투하듯 붉게 피어난 동백꽃은 나보란 듯 꽃다운 나이에 툭 하고 떨어지는 성급함을 보인다. 그럼에도 동백꽃은 떨어져 누운 자리에서 마지막 아름다움을 한껏 펼쳐 보인다고 하니, 안타까움을 거두고 누워있는 동백꽃을 다시 지켜볼 일이다. 그런 연유에서인지 떨어진 꽃잎에 보는 이들의 시선이 더 오래 머무는 것은 어쩌면 진정한 동백꽃의 아름다움을 느낄 수 있기 때문이 아닐까 싶다. 절정의 순간에 자신을 스스로 내동댕이치는 동백꽃의 배짱을 닮고 싶은 나는 물오른 빨간 동백꽃 한 송이를 손바닥 위에 얹어 놓고 아쉬움을 달랜다. 여유가 묻어있는 발걸음은 떨어진 꽃잎을 손바닥에 얹어 놓고 후후 불어보는 소녀의 마음마저 소환해 나는 진정 이 봄을 즐긴다.

봄 향기에 흠뻑 취해버린 덕분일까? 오늘은 왠지 마음이 넉넉해진다. 사십여 년을 함께하며 벚꽃을 즐기는 봄나들이지만, 오늘 내 마음은 예년과는 확연히 다르다. 피는 꽃만 이뻐 보이는 것이 아니라 지는 꽃이 더 아름답다는 걸 눈치챘으니, 칠십을 마주한 내 마음의 나이 듦이라고 할까? 이렇게 꽃비가 되어 흩날리는 꽃잎들이 송글송글 가지마다 풍성하게 맺혀있는 꽃송이 못지않게 그들만의 아름다움을 만끽할 수 있음은 떨어지는 꽃잎의 아름다운 모습을 재발견한 탓이리라.

나의 뒤뜰 학성공원[2]은 언제부터인가 분명 내 마음의 소유로, 찾는 이들의 가슴 속 이야기들을 담아내는 이야기 공장이기도 하다. 자식 걱정, 통장 걱정, 몸 걱정을 잠시 내려놓으니, 이만하면 칠십 인생 밑진 장사는 아님이 분명하다. 아직 멀었다고? 그러나 인생이 어디 그런가? 걱정 고민을 가

---

2) 구한말에 창간된 경남일보 사장을 지낸 김홍조가 1913년 23.141km³의 땅을 울산 면에 기증, 천신(天神)이 학(鶴)을 타고 이곳에 내려와 학성(鶴城)이라 불렸다. 신라의 계변성을 이르는 명칭이기도 했다. 울산왜성 터를 비롯해 태화사 지십이지상부도, 봄 편지 노래비, 충혼비 등이 있다.

불까지 해서 불편감을 느낄 이유는 없지 않은가? 모름지기 우리는 그냥 '지금 여기에' 나의 모습에 충실하면 되는 것!

오늘은 해야 할 일도, 가야 할 발걸음도 잠시 멈추고 온전히 나의 뒤뜰에 만발한 벚꽃과 떨어지는 벚꽃의 갈등을 행복하게 바라볼 수 있는 여유로움이 가슴에 쌓인다.

오늘 뒤뜰은 나에게 심쿵거리는 '내 인생의 멋진 날'을 선물해 주었다.

PART
02

장하영   대학에서 교육학을 공부했고, 〈교육정책과 다문화 교
――――――   육〉이란 논문으로 석사학위를 받았다. 책 읽기를 좋아
하고 문구에도 관심이 많다.
아이들을 가르치고 간간이 짧은 글을 기록한다. 언젠가 내가 공부했던
기록들을 긴 글로 쓸 수 있기를 꿈꾼다.

제2장

나는 나를 유일하게 행복하게 해줄 수 있는 사람이다

장하영

　　　　어릴 적 폐결핵을 앓았다. 기억에는 없지만 폐 사진을 찍으면 흉터가 남아 있으니, 맞는 모양이다. 물리적인 호흡이 다른 사람보다 약했던 나는 호흡이 자주 꼬였다. 물고기는 바다에서 의식하지 않고 호흡한다. 인간 역시 숨 쉬는 것을 의식하지 않고 호흡한다. 그러니 태생부터 불리한 게임일 수밖에 없다. 지구에서 살아남기 위해 나는 숨 쉬는 것도 노력이 필요했다.

인생이 그리 길지 않다고 한다. 생각해 보면 짧지만도 않다. 단절될 연속성과 미완(未完)의 시간으로 그렇게 표현하는지도 모르겠다. 몇 년을 살다 갈지 안다고 하면, 우리는 계획과 실천을 그리고 쉼을 적절하게 배분할지도 모르겠다.

　　"조금만 느슨하게 살아!"

팽팽한 신경을 조금만 느슨하게 풀어 놓는다면 세상이 좀 더

편하게 살만하지 않을까?

숨을 자주 쉬기로 했다. 천천히 자주. 숨 쉴 공간을 찾다가 보니 시간으로부터 자유롭다는 것을 느낀다.

세상을 글로 배운 사람들에게 이 글을 바친다. 글보다 실천하며 살아보라는 이야기를 조심스레 건네고 싶다. 누구든 가만히 들여다보면 한 꺼풀 벗겨진 나와 만날 수 있다. 아무에게도 들키고 싶지 않고 말하기 싫은 그 무엇이 나를 옭아맬 때 물어보라! 좋아하는 것이 무엇인지, 어디를 가면 큰 숨이 쉬어지는지. 식물이 얼마나 예쁜지 글이 아니라, 사진이 아니라 눈으로 코로 느끼며 익히고, 여행을 다니고, 오래된 문방구에선 필기구를 사고, 경주에서 독립서점을 찾아서 다녔다. 케렌시아도 내겐 루틴이다. 아직 체력이 방전되기 전에 '이쯤이면 이 정도는 쉬어줘야 해.'를 실천하며 살자고 감히 권하고 싶다. 길 수도, 짧을 수도 있는 우리의 시간에 들숨, 날숨을 고루 쉬게 해주자.

"당신만이 당신을 온전히 자유롭게 할 수 있습니다."

장하영

테라리엄 - 그 작은 우주

평등 총량이 정해진 권리에 대한 경쟁이라고 여긴다면, 누군가의 평등이 나의 불평등인 것처럼 느끼게 된다. 사실은 상대가 평등해지면 곧 나도 평등해지는 것이 더 논리적인 추론인데도 말이다. 코로나는 우리의 시간을 더 많이 불평등하게 만들었다.

코로나와 함께 '우리의 공백기'도 시작되었다. 당시 나는 학원을 운영하고 있었는데 학원 문을 열어두었지만, 코로나로 인해 학원생은 오지 않았다. 영어 강사와 둘이 앉아있으니 마음은 허망하고, 이러다가 무기력증에 빠지게 될 것 같아 무언가 해야겠다고 생각했다. 무엇을 배울까? 전에 시간이 되면 무엇을 하고 싶어 했을까?

평소 따뜻하고 부드러운 분위기의 인테리어를 좋아한다. 식물은 조합하면 배경에 녹아 서로를 돋보이게 하면서 한층 매력적인 분위기를 연출한다. 몇 개의 화분만으로도 마음이 편안해지는 것도 너무 좋다.

행잉식물(벽걸이 식물)은 커튼레일을 남겨 창가에 매달아도 좋고, 길게 자란 스킨다비스는잘라 유리용기에 꽂아두어도 투명감과 경쾌함을 느낄 수 있다. 생명력이 강한 덩굴성 식물도 너무 좋다. '그래! 이거다.' 라고 생각하며 선택한 것이 테라리엄 공부다.

"정님아, 이러다가 우리가 무기력해서 죽겠다. 언니랑 같이 식물 공부하러 갈까?"

무심하고도 조금은 진지하게 말했다. 그렇게 우리의 테라리엄 여정은 시작되었다.

테라리엄은 라틴어 Terra(흙, 땅)와 Arium(용기, 방)의 합성어로, 투명한 용기 속에 작은 정원이라는 뜻이 있다. 실내에서 유리그릇이나 아가리가 작은 유리병 따위의 단에 작은 식물을 재배하는 것을 말한다. (작은 동물을 키우기도 하는데, 필자는 식물만 키웠다.) 식물은 광합성을 하기에 빛이 필요하며, 실내 빛이나 등을 켜놓고 키운다.

밀폐 형태 또는 개방 형태의 용기 안에 토양과 자갈, 식물, 장식 도구 등을 이용해서 작은 생태계를 만들어서 관상하는 것이 특징이다. 테라리엄에는 유리용기의 밀폐 여부에 따라서 습기에 강한 식물과 건조에 강한 식물 등을 심을 수 있으며, 생육조건에 따라 파충류나 양서류를 넣을 수도 있다.

힘이 나기 시작했다. 블로그나 인스타에 기반한 정보가 정말 요긴하게 쓰일 때가 많다. 며칠 동안 블로그와 인스타를 뒤지며 내가 배울 장소를 물색했다. 처음에 테라리엄을 알고 시작한 건 아니었다. 식물 분갈이를 직접 하고 싶어 시작한 배움은 결국 판이 커지고, 일이 커졌다. 지금 생각하면 무척 잘한 일인 것 같다.

'원데이로 수업을 배워보자. 그리고 테라리엄을 계속할 것인지를 생각해 보자.'

경남 창원시 성신구 외동반림로 270-1. 가로수길 남산교회에서 하천 방향으로 내려와서 세 골목 건너면 SNS 검색으로 알게 된 식물 카페 '보타미'가 보인다. 가로수길이라고 부르는 그곳은 가로수가 참 많았다. 보타미는 식물 카페다. 식물을 키우는 카페인데도 지하에 있었다. 식물은 키우는 사람이 중요하다고 생각하면서도 잘 자라고 있는 식물에 감탄했다. 매장 테이블에도 식물이 올려져 있고, 구석구석 식물이 많아서 앉아있기만 해도 기분이 좋아졌다. 주인이 몬스테라를 좋아하는지 종류별로 있었고, 행잉식물도 다양하게 걸려 있었다. 그런데 실컷 찾고 보니 '보타미'에는 식물 심기 원데이 과정이 없었다.

"선생님, 죄송한데요. 원데이 수업을 신청하고 싶은데 반 하나 만들어 주시면 안 됩니까? 저 포함 3명이에요."

"그럼, 5명이 되면 반 열어볼게요."

며칠 뒤 전화가 왔다.

"6명이 모였어요. 덕분에 원데이 클래스를 열어봅니다."

이렇게 해서 나, 정하, 정님이랑 함께 테라리엄 수업을 시작했다. 내 차보다는 비교적 큰 남편 차를 끌고 창원으로 갔다. 그렇게 시작된 창원행이 그 여름 지치지 않고 계속 가게 될 줄 우리는 알지 못했다.

2020년 5월 30일, 식물 키우기 기본 이론 수업 후 간단하게 티 타임을 가지고 마다가스카르 재스민을 심었다. 수업이 끝나고 몇 개의 화분과 행잉식물을 사서 뿌듯한 마음으로 돌아왔다. 그리고 거기서 진행되는 수업 중 테라리엄 자격증 수업이 있다는 것을 알게 되어 듣기로 마음먹었다.

테라리엄은 정확히 말해 '테라리엄으로 만들어진 화분 속 식물'이다. 미세먼지와 각종 대기오염으로부터 집안 공기를 정화할 수 있다. 그러면서도 작은 정원, 화분으로 집안 인테리어를 따뜻하게 꾸밀 수 있어 좋다. 구미가 당기는 공부였다.

먼저 한국 테라리엄협회에서 발행한 〈테라리엄 1, 2급 지도사 필기 교본〉으로 이론 수업을 들었다. 테라리엄의 개념과 원리, 전문적인 이해를 바탕으로 관련 지식 및 제작 기법 이론과 만드는 방법, 디자인, 재료별 사용 방법을 체계적으로 배웠다. 또한 기초 이론과 함께 기술, 작품의 구도 비율, 질감, 색감, 돌의 레이아웃 등을 배웠다.

이론 수업을 마치고 실기를 시작하면서 선생님이 맨 먼저 강조하면서 보여준 것이 이끼였다. 이끼는 원래 물기가 많은 곳에 나는 푸른 때인데, 시간이 지나면서 바위나 나무, 작은 식물 등에 달라붙어 사는 식물 전체를 부르는 용어가 되었다, 이끼는 원시 식물이라 꽃이 피지 않고 뿌리와 줄기, 잎의 구별이 뚜렷하지 않다. 뿌리는 헛뿌리로 몸을 지지하는 역할만 하고, 관다발도 발달하지 않아 물과 영양분을 온몸으로 흡수한다. 그래서 대부분의 이끼는 크게 자라지 않고 1~10cm 정도로 키가 작다. 또한 엽록체를 가지고 있어서 햇빛을 이용해 광합성을 할 수 있는 녹색식물이다.

이끼는 중요한 역할을 한다. 흙이 무너지거나 공사 등으로 맨땅이 드러나 식물이 전혀 없는 곳에 맨 먼저 정착하여 다른 생물이 자랄 수 있는 토양을 만들어 주기도 한다. 이끼가 자라면서 생긴 부식토(썩은 흙) 덕분에 다른 식물이 뿌리를 내릴 수 있고, 이끼 스스로가 작은 동물에게는 안식처와 음식물이 되기도 한다. 결론적으로 이끼가 생태계를 형성하는 것부터 유지하는 중요한 요소로 작용한다고 말할 수 있다. 여러 번 말해도 지겹지 않은 '이끼의 중요성'이다. 선생님은 건 이끼를 우리에게 주었는데, 신기하게도 물에 담가 놓으니 거짓말처럼 우리가 알고 있는 그 '이끼'가 되었다. 건 이끼는 말 그대로 건조해 놓은 이끼인데 물에 불리니 생물 이끼가 되는 놀라운 변화를 일으켰다.

고목이나 바위, 습지에 사는 이끼를 살포시 혹은 뚝 떼어놔서 차곡차곡 쟁여 말리면 그대로 죽지 않고 미라가 된다. 잎과 줄기의 구별도 분명하지 않고, 관다발도 없는 녀석의 놀라운 반전이었다.

2급 과정에서 밀폐형 이끼 테라리엄, 사막 식물 테라리엄, 석조 레이아웃 테라리엄, 펜타곤 테라리엄, 해변 테라리엄 과정을 배웠다. 1급 과정에서는 직사각테라리엄, 폭포 물 표현 테라리엄, 해변 물 표현 테라리엄, 그리고 자신 있었던 포레스트 플랜츠 테라리엄 과정을 배웠다. 포레스트 플랜츠는 돌계단을 이용하는데, 이끼와 돌계단 그리고 식물이 어우러져 말 그대로 작은 숲속 같은 느낌이 들었다.

폭포 물 표현과 해변 물 표현 테라리엄 과정을 배울 땐 정말 신이 났다. 내 눈에도 진짜 물 같았다. 크리스털 레진이라는 화합물을 쓰는 작업이었는데, 잘못하면 식물이 죽는 대참사가 일어나기도 하니 여간 조심스러운 작업이 아니었다. 하지만 레진의 특성상 경화될수록 투명도가 높아져서 바닥재의 흙들이 잘 보여 점점 해변을 닮아갔다. 파도와 폭포는 정말 근사했는데, 그것을 해낸 나 자신이 자랑스러워 마음속으로 으쓱했던 기억도 난다. 가드닝 숍을 운영하고 싶은 마음이 굴뚝 같았으나 아직도 그냥 마음속에 굴뚝만 남는 채로 지나가는 세월만 아쉬워하고 있다. 동생과 나는 고등학교 출강 수업이나 방과 후 강사로도 활동할 수 있다. 거기서 만났던 가드닝 숍 동생과 선생님, 공무원이던 지은 씨, 다들 수업이 끝나고도 창원에서 만나서 식물도 사고, 밥도 먹고, 차도 마셨던 그 시간이 참 소중하다.

그때 보타미에서 사 온 식물은 아직도 우리 집 실내에서 정글을 이루며 잘살고 있다. 나도 선생님을 닮아서 식물을 아주 잘 키운다. 분갈이가 무서워서 작은 화분으로 그냥 자라게 했던 식물은 이제 더 큰 화분으로 이주시키기도 하고, 몬스테라는 분양도 해주고 수경재배도 하고 있다.

코로나 먹구름 속에서 누구나 자유롭지 못하다. 특히 나와 같은 자영업자가 직격탄을 맞았다. 하지만 사업이 침체했다고 마음마저 침체해서는 안 되었다. 위기는 기회다. 학원 운영이 어려워 수입이 줄어드는 대신 평소 가지지 못한 시간을 가질 수 있었다. 난 그 위기를 테라리엄 수업으로 극복했다. 그 위기는 나에게 케렌시아라는 힐링의 공간과 시간을 가질 기회를 만들어 주었다. 그리고 우리집 실내는 나의 케렌시아로 남았다.

토요일 오전의 즐거운 한 쉼

노는 것은 즐거움이 목적이어야 한다. 노는 시간과 방법을 목적으로 삼으면 더는 노는 것이라 말할 수 없다. 노는 시간과 방법을 스스로 통제하는 자기 결정권을 상실하지 않으면, 그리고 그 놀이가 타인의 자유와 권리를 부당하게 침해하지 않는다면 세상에 해서는 안 될 놀이는 없다. 또한 놀이와 일 사이에 가치의 우열도 따질 수도 없다고 생각한다.

사람은 자유로운 존재로서 자기가 원하는 인생을 옳다고 믿는 방식으로 살아간다. 거기에서 행복을 누릴 권리가 있다. 그러나 많은 것에서 자유를 박탈당하고 속박당하며 훼손당하기 때문에 자유롭게 살기 어렵다. 살아가는 데는 물질적

자원이 필요하고, 이것이 너무 부족하면 자유가 제약된다. 무한한 자유를 원하는 건 아니지만, 소박한 자유를 위해서라도 자본주의 사회에서 필요로 하는 돈은 열심히 벌어야 한다.

나는 월요일에서 금요일까지 열심히 일하고, 토요일 오전은 오롯이 노는 시간을 가진다. 공부하며 차를 마시고, 음악을 들으며 독서를 한다. 그것은 나에게 놀이이며 의식이다. 격식에 맞춰 좋아하는 캔들을 조심스레 켜고, 창문으로 바람이 들어오게 해서 환기하며 커튼을 보기 좋게 찰랑거리게 한다. 그다음은 좋아하는 록시땅 핸드크림 버베나를 손에 바른 뒤, 자판을 두드리든지 책장을 넘기면 나의 손마저 경건하게 느껴진다. 나를 위해 의식을 치르는 것은 참 기쁘고 행복한 행위이다.

자기 방식대로 살아가는 삶이 바람직하다. 그 방식이 최선이어서가 아니라 자기 방식대로 사는 길이기 때문에 의미가 있는 것이다. 토요일에 오롯이 혼자 노는 것은 내가 누리는 나만의 살아가는 방식이다. 혼자 놀 때면 거대한 아우라에 감싸여서 혼자가 아니라는 느낌도 든다. 아무에게도 방해도

받지 않고 책을 읽으면 가슴이 풍요로워져 아무런 부족함이
없다.

예전 아이를 키울 때, 아이가 조그만 가방에 좋아하는 책이
며, 구슬이며, 가짜 동전과 딱지 등 자질구레한 것을 넣어
들고 나서는 것을 본 적이 있다. 그러면서 '인간은 본능적
으로 인생이라는 가방 속에 자신이 좋아하는 것을 넣고 살
아가는 게 아닐까? 나의 이런 놀이도 결국에 아이가 챙겼
던 가방 속 구슬이며, 책이며, 딱지가 아닐까?' 라는 생각이
들었다.

나의 성향은 적당히 외향적이며, 즐겁고 신나고 밝은 캐릭
터인 것이 분명하다. 그런 캐릭터는 잔잔함보다는 출렁거림
에 가깝다. 출렁거리는 것에는 에너지가 필요하다. 그렇기
에 항상 출렁거릴 수만은 없다. 일주일을 정리하고 새로운
일주일 맞이하기 위해서는 출렁거림을 고요하게 만드는 시
간이 필요하다는 걸 어느 순간 깨달았다. 고요하게 만들기
위해서는 시간을 온전히 나로부터 발생하는 에너지로 채우
고, 그 에너지를 모아야 한다고 느꼈다. 그렇지 않다면 분명

코 정신없이 왔다갔다하는 사람이 될 것이다. 밝기만 하고 정신없이 와글와글하는 것에는 많은 에너지가 소비된다. 늘 에너지를 비우기만 하면, 언젠가는 에너지가 소진되고 사는 것이 무척 힘들어질 것이다.

고요하게 만드는 것에 가장 적합한 것이 독서라 생각했다. 키가 큰 나는 책을 한 시간 정도 읽으면, 허리가 아프면서 요가를 하는 사람처럼 꼬꾸라져 이상한 자세가 되기 일쑤다. 그렇다 보니 요통과 목 뒤쪽의 당김과 수많은 자잘한 통증을 감수해야 했다. 그것을 해소하기 위해 독서대가 필요했다. 인터넷 검색창에 독서대를 치고 검색하니 나무로 만든 것, 아크릴. 철제 등 소재가 다양했다. 또한 다양하게 디자인된 독서대가 있었는데, 그중에 예쁜 독서대를 샀다. 독서대 없이 책을 읽을 때보다 조금 낫기는 하지만, 한 장 읽고 넘기고, 다시 고정하고 하는 행위들이 답답하고 마음에 안 들었다. 그래도 꾹 참고 독서대로 토요일을 지탱했다. 거북목과 요통으로부터의 해방을 위해서.

그러면서 책을 읽는 것에도 노력과 기술이 필요하다는 생각이 들었다. 읽을 책과 한 번에 읽을 분량을 정하고, 거기에 맞는 시간대를 마련하면 더 좋은 독서를 즐길 수 있다. 책 읽고 글 쓰는 일을 소소하게 실행하면서 다가올 일주일을 밝게 살기 위한 에너지를 충전한다.

머릿속으로 책의 글이 잘 들어오지 않는 날에는 필사를 하기도 한다. 읽고 나서 인텍스를 붙인 부분을 따로 필사한다. 책을 읽고 필사하면 저자가 하는 말이나 생각에 동의하는 부분도 있고, 감동하는 부분도 있다. 반면에 '나는 다르게 생각하는데.' 라고 생각하기도 한다. 독서를 하는 즐거움은 무엇에도 비할 바가 아니지만, 매일 독서하기란 쉽지 않다. 특히 여성의 경우 일하면서, 아이를 키우면서 하는 독서에는 열정이 필요하며, 열정이 환경을 뛰어넘어야만 가능하다.

독서를 하면 고요하고 차분한 상태가 된다. 요즘은 사람들이 즐거움에 중독(집착)되는 경향이 심하다. 나는 즐거움에 중독된 사람 속에서 살며, 때로는 일종의 위화감을 느낀다. 그런 위화감들은 내 안에서 정화해야 하는 수밖에 없다. 과거에는 큰 소리를 내면서 와글와글한 상태가 되어야 내가 정화되고 즐거운 상태라 여겼다. 하지만 최근에는 뭘 하지 않아도 즐거울 수 있고, 즐겁다는 것은 오히려 고요하고 차분한 상태에서 온다는 걸 느꼈다. 그것을 가능하게 해준 것이 독서라고 생각한다. 그럴 뿐만 아니라 마음이 크게 흔들리거나 혼란스러워질 때도 빨리 회복된다. 독서를 통해 회복탄력성을 가지게 된 덕분이리라. 그것이 독서를 통한 나의 케렌시아다.

오래된 문방구 - 나의 지구

- 나는 나를 행복하게 할 수 있는 유일한 사람이다.

좋아하는 것을 좋아하는 용기에 대하여 생각해 본 적이 있는가? 나는 문구를 사랑하는데 특히 필기구를 진심으로 좋아한다. 그런데 이러한 나의 문구 사랑에 반감이 있는 어른을 꽤 많이 보았다. 거기에 그치지 않고 비난을 받아 본 적도 있다. 사실 지금은 디지털 기기를 들고 다니며 시·공간의 제약을 받지 않고 자유롭게 게 사는 노마드족이 많은 세상이다. 그들은 제한된 가치와 삶의 방식에 매달리지도 않고 끊임없이 자신을 바꾸며 살아간다. 문구라는 것은 결국 쓰고, 만지고, 닳아지기에 영속적이지 못하며 소모

적이다. 그런데 아이패드 드로잉(프로 크리에이터라는 앱) 속 세상은 모든 종류의 필기구를 버튼 하나로 바꾸어 내는 신기한 세상이다.

문구 여행을 자주 다닌다. 문구를 사러 다닌다고 해도 될 만큼 난 문구 여행을 아주 즐기는 편이다. 그것은 나의 케렌시아로의 여행을 의미한다. 여행을 다닐 때 서점을 돌거나 문구를 산다. 편지지, 클립, 할인하는 노트, 지우개, 마스킹테이프, 수첩, 엽서, 봉투, 스티커 등 어느 날은 사고 어느 날을 구경만 한다. 문구를 잔뜩 산 날이 있는가 하면, 오래 머물렀지만 하나도 못 사고 나오는 날도 있다.

여행지가 어디든지 잠깐 생활하는 동안 문방구는 낯선 도시에서의 이정표처럼 내 행동반경의 중심이자 가장 편안한 장소가 되어준다. 어떤 도시나 나라를 방문했을 때는 지도 없이 찾아갈 수 있을 만큼 익숙하게 문구를 파는 곳을 드나들기도 했다. 기억에 남는 곳이 있다. 후쿠오카 유후인 골목의 문구점인데, 빈티지한 매대 위에 겹겹이 진열된 편지 봉투가 특이하면서도 실용적인 것들이 많았다. 다시 한번 가고 싶고, 내내 아련하다.

특이하면서도 생소한 것들을 소장했을 때 나는 '이제 나도 저건 있어.' 라는 생각에 뿌듯해진다. 먼지가 켜켜이 쌓여 그 누구도 더는 사지 않을 것 같은 오래된 문방구를 구경하는 재미가 쏠쏠하다. 커버가 노랗게 변색된 영수증 커버, 잉크가 굳어버린 볼펜, 색이 바랜 편지지와 편지 봉투, 포장지의 문구가 다 지워진 지우개…. 문방구의 세월을 느낄 수 있는 제품을 보며 '오래된 문방구의 맛' 을 깨닫는다.

초등학교 때 집 앞에 있던 문구점이 떠올랐다. 무엇이든 다 있는 만물상. 먼지를 후후 불어가며 보물을 찾는 보물섬. 수많은 흔적을 담은, 그래서 더럽혀도 부담이 없는 낙서 가득한 스케치북 같은 공간 같았다.

지금도 차를 타고 지나가다가 간판이 낡은 문방구를 보면 내려서 구경하고 싶다. 아주 바쁘지 않으면 내려서 뭐라도 끄적대다가 결국은 한 봉지 싸서 나오기도 한다. 몇 년 전 명정초등학교 후문 앞 '둘리 문방구' 라는 곳(지금은 폐업)에 가서 30년쯤 된 대학리포트 노트를 발견했다. 어찌나 기쁘던지, 내 기억 속 추억을 찾은 것 같은 반가운 기분마저 들었다.

누군가가 기억되는 것은 사라지지 않는다고 했다. 어릴 적 엄마가 사주신 '새싹지우개'가 기억 속 인생 최초의 애착 문구였다. 지금 생각하면 매우 앤티크한 푸릇한 초록색에, 윗면에 세 줄인가 네 줄이 그어진 가운데 '새싹지우개'라고 쓰여 있었다. 딱딱한 지우개와 매끄럽지 않은 종이가 만나서 내는 시너지는 '찢어짐'이다. 난 찢어지는 게 싫어서 주머니에 넣고 다니며, 만지면서 지우개의 속성인 딱딱함을 말랑하게 만들었다. 다니면서 꺼내서 쓰고 또 주머니에 넣는 것을 반복하며, 그 지우개가 다 닳도록 그렇게 하고 다녔다. 아버지가 출장 갔다가 오면서 지우개 한 박스를 사 오셨다. 지금 생각하니, 스무 개 남짓한 작은 포장의 박스였을 거라 짐작한다.

나라마다 유명한 문구가 있다. 미국에는 팔로미노, 일본에는 코쿠요, 중국의 델리, 프랑스 클레르퐁텐, 스페인의 스타빌로, APLI, 스웨덴의 KiKiKi.K 그리고 한국의 모나미가 그것이다.

만나는 사람들에게 선물로 문구를 자주 나눠준다. 그 품목 중 하나가 '스테딜러 피그먼트라이너', 'Waterproof on paper', '0.2 펜드로잉'과 다양한 종류의 마카펜, 3M 포스트잇 등이다.

문구를 해외구매로 직구하면 다양한 종류를 살 수 있다. 또한 남편은 해외 출장을 가면 내가 문구를 좋아하는 것을 알아 나를 위해 문구를 사 오기도 한다. 언젠가는 마스킹테이프 30개가량을 사 온 적도 있다. 해외에서 사 온 마스킹테이프는 그 나라의 언어와 문화를 고스란히 느낄 수 있어 특별함이 배가 된다.

아이패드 드로잉을 배우면서 느낀 것은 '펜이 절반을 감당하는구나!'라는 것이다. 도구가 그림의 선을 결정하고, 여백을 결정하며 느낌을 옮기는 데 절대적이라는 걸 배웠다.
가르치는 선생님마다 이구동성으로 하는 말이

"목수만 장비가 중요한 게 아니에요. 그림도 장비가 제일 중요해요."

2019년 9월에는 'CLASS 101' 이라는 플랫폼을 이용해 '펜 드로잉 클래스' 에 등록했다. 펜드로잉 수업보다는 신청하면 재료를 패키지로 묶어서 주는데, 그걸 너무 갖고 싶었다. 감성 가득한 집게가 달린 나무 보드, 마카펜 1세트, 그보다도 낱장으로 한 묶음 주었던 스케치 페이퍼 등의 문구 세트가 내 가슴을 두근거리게 했다.

2020년 12월에는 인스타에서 유명했던 화실에서 '아이패드 드로잉 수업'을 배웠다. 이번에는 아이패드 펜슬을 이용해서 붓이 되었다가 목탄도 되고 연필도 되는 세상이 궁금했던 것이다.

마카펜을 쓰면서 느낀 거지만, 알파 마카펜은 유분, 기름, 물이 많기 때문에 천천히 마르지만 넓은 면을 깔끔하게 칠할 수 있다는 장점이 있다. 코픽 스케치 마카는 유분이 적고 빨리 마른다. 신한 터치 트윈 마카는 그 중간쯤으로 생각하면 되겠다. 알파를 사서 형광펜 대용으로, 에딩펜으로 사용하기에 적합하다고 생각한다. 널리 홍보하고 싶다.

연필에서 H는 HARD! 단단한 정도를 나타낸다. H의 숫자가 높을수록 회색에 가까운 색을 띠며, 얇고 날카롭고 단단하다. B는 BLACK! B의 숫자가 높을수록 진한 검은색을 띤다. 4B나 6B 연필은 빠르게 넓은 면적을 칠하기에 적합한 연필심이다.

개인적으로 사랑하는 연필은 톰보우와 스테들러 마스 루모그래프 6B, 4B이다. 먼저 톰보우는 모노100, 모노J이다. 스테들러 마스 루모그래프는 바디가 파란색이며, 독일산 연필이다. 프리즈마 유성 색연필은 말 그대로 색연필이며. 질감은 촉촉하고 리코타 치즈 같은 부드러움과 오일리함이 느껴진다. 라인이 넓은 노트여서 필기하기에 적당하고 색이 있어 발랄한 느낌이 든다. 스테들러 피그먼트 라이어 0.05와 0.1도 즐겨 쓰는 펜이다.

나는 나를 행복하게 할 수 있는 유일한 사람이다. 문구 여행을 위해 마스킹 테이프와 클립과 집게 그리고 다양한 각종 펜, 연필과 펜슬 홀더, 연필을 깎지 못하는 날을 위한 '미니 연필깎이', 작은 스프링 노트, 지퍼백과 양면테이프(수정 테이프 모양의 간편한 타입)를 바리바리 싸 들고 나는 오늘도 나의 케렌시아 문구 여행을 떠난다.

아버지의 등

그리워서 아껴두었던 두었던 이야기 –
추억이 서린 아버지의 등은 나만의 케렌시아 공간이다.

누구나 어린 시절의 내밀한 추억 하나쯤은 가
지고 산다. 어른이 되어 이제는 묻었다고 생각하지만, 그 추
억은 사실 마음 한구석에 늘 자리하고 있다. 왜 시간이 지나
도 그 추억은 사라지지 않을까? 언제든 꺼내 볼 수 있게 은
밀하고 깊숙이 가슴속에 고이 자리 잡고 있는 것일까?

대구에 있는 중앙초등학교에 다녔다. 전(前) 대통령 박근혜
도 다녔고, 지금 필자가 일하는 회사의 회장님도 다녔다. 중
앙초는 동성로 한가운데인 대구 최고 번화가에 있었다. 원
래 경북대학교 사범대학 부설 초등학교에 입학할 예정이었
으나 면접을 보러 가서 내가 교감 선생님이 못생겼다고 말
하는 바람에 중앙초등학교엘 갔다고 종종 아버지는 말씀하

셨다. 인생에 인물이 중요하다고 말하는 습관이 어릴 적에도 있었던 모양이다.

아버지의 사업이 잘돼서 우리집도 경제적으로 부족함이 없었다. 중앙파출소 바로 맞은편에 아버지의 사무실이 있었고, 뒤편에 우리집이 있었다. 유년의 기억 조각을 맞추다가 떠 올린 아버지. 놀다가도 아버지가 가던 다방엘 자주 드나들었다. 언제나 딸깍딸깍 소리를 내며 슬리퍼를 끌고 걸어오던 다방 레지 언니가 요구르트에 빨대를 꽂아 주었다. 어린 내게도 그 느낌은 호사스럽고 뿌듯한 대접을 받는 느낌이었다.

사무실 옆에는 미성당이란 커다란 금은방이 있었는데, 그 집 아들이랑 많아 돌아다녔다. 그 집에서는 고객에게 색동 비단에 비닐이 씌워진 파우치를 선물로 줬는데, 당시에는 그것이 희귀한 패션 아이템이었다. 선물로 받은 그 파우치를 클러치처럼 끼고 다닌 기억이 선명하다. 그 집인지 아닌지, 지역 방송사에서는 늘 미성당이라는 보석 집 광고가 나왔다.

"보석이 찬란하네. 미성당…."

아직도 그 CM을 기억하는 걸로 봐서는 지역에서는 꽤 큰
점포였을 거라고 짐작한다.

잘되던 아버지의 사업이 힘들어졌다. 성인이 된 후 생각해
보면 사업이 잘되었던 그때가 아버지의 '화양연화'이지 않
았을까? 후미진 동네로 이사를 오고, 보잘것없는 거리에서
나는 고무줄을 하고 딱지를 치며 자랐다. 내가 다녔던 중학
교는 언덕을 한참 올라야 했으며, 신설 학교라 전교생이 입
학생 전부인 학교였다. 그래도 시골 학교와는 달리 한 학년
이 700명이 조금 넘는 꽤 큰 학교였다. 그래도 기죽지 않고
씩씩하게 지냈다. 3년 내내 선도부장을 하면서 말이다. 내
가 선도부장을 한 건 입학 고사에서 전교 2등을 했기 때문이
다. 당시에는 졸업하는 6학년 학생은 지원하는 중학교에 가
서 입학 고사를 일제히 치렀다. 전 과목을 쳤는데 아마 국
어, 산수의 문제수가 많았고, 예체능은 10문제 남짓이라고
기억한다. 그리고 '박'이라는 악기에 관한 문제를 틀려서 2

등이 되었다. 아직도 기억하는 걸 보니, 어지간히 1등이 되지 못한 것이 아까웠던 모양이다.

2등이 된 나는 1등, 3등과 함께 교무실로 불려갔는데, 목소리 큰 순서대로 전교 회장, 선도부장, 교련 부장을 정했다. 지금 생각하면 상상도 되지 않는 비(非)민주적, 비(非)절차적인 진행방식이었지만, 그때는 그랬다. 누구도 불만 없이 목소리가 제일 컸던 그녀는 전교 회장이 되었다. 아버지가 태권도 학원을 하며, 언니도 독일로 태권도 유학을 갔던 본명이 미미인 3등은 교련 부장이 되었다. 그리고 목소리가 형편없던 나는 선도부장이 되었다. 생각해 보니 미미는 덩치도 엄청 좋았고 목소리도 우렁찼으며, 무엇보다도 얼굴이 머슴아(남자 아이의 경상도 말)처럼 생겼다.

"난 목욕탕 가면 아저씨가 남탕 입장권 준 데이."
"아저씨. 나 여자거등요…."

입을 삐죽거리면서 그러지 않았을까?
입학한 후 나는 저혈당쇼크로 길을 가다가 자주 쓰러져서 지각을 많이 했고, 선도 선생님에게서 당구 큐대로 '얼차려' 벌을 받았다. 내가 선도부장이었던 터라 선생님의 분노가 더 컸을 것이다. 음악 과목을 지도하셨던 선생님은 그다지 폭력적이지 않았지만, 애들 보는 눈이 있으니 나를 더 야단치지 않았을까? 아주 긍정적으로 생각했다. 그런 일이 지나가고 그럭저럭 2학년이 되었다.

– 충무로 수학여행을 가는 날이 되었다.

엄마는 다른 집 엄마처럼 부지런한 편이 아니었다. 수학여행을 가는 날 지각하는 것은 너무 창피한 일이다. 새벽부터 일어나서 엄마를 깨웠다. 빗나가지 않은 나의 걱정에 딱 맞게 엄마는 꿈쩍도 안 하고 계속 주무셨다. 지금 내가 약속 시간에 일찍 도착한다거나, 지각에 대해 예민한 것도 이때부터였을 거다. 아마도 엄마가 진짜 싫었다. 사사건건 맞지 않는 엄마와의 연대는 지금도 진행형이지만. '이런 것도 트라우마일까?' 잠시 생각해봤다. 아버지는 말없이 마당 한 구석 벽에 꼬꾸라지고 기울어져 있던 화물 자전거를 세워서 바퀴를 툭툭 치셨다. 그러고는 종이상자를 무심히 접더니 뒷자리에 깔으셨다(나의 엉덩이가 아플까 봐 임시로 만든 쿠션이겠지). 영화 〈첨밀밀〉에서 여명이 끌고 다녔던 짐짝 자전거, 우리는 그걸 화물 '자전차'라고 불렀다.

"영아, 가자. 아빠가 운전할게. 퍼뜩 타라."

"그래도 안 될 건데…."

말은 그렇게 하면서 탔다. 사실 말이 자전거지…. 짐짝을 실을 수 있는 커다랗고 둔탁한 크기라 멀리서 봐도 꼴이 말이 아니었을 게 분명했다. '세월아 네월아' 걷는 내 걸음으로 30분이 넘는 거리였지만, 아버지의 자전거는 속도를 냈고, 그 봄바람은 내 거칠었던 언어를 누그러뜨렸다. 젊은 아버지의 등은 넓고 따뜻했다. 그 뒤 나는 길게 늘어져 버스 행렬 사이에 겨우 찾은 2학년 2반 버스.

"봐라. 아빠가 된다 했지?"

"아빠, 나는 진짜 엄마 싫타."

"동생이 어려서 그카니까, 니가 이해를 해라."

"누가 그마이 나라 캤는데?"(누가 그렇게 많이 동생들은 낳으라고 했
는데?)

말도 안 되는 대꾸를 하며 버스에 쌩하니 탔다. 아버지는 계
속 손을 흔들며 환한 미소로 나를 배웅해 주셨다.

나는 잘생기고 교양 있는 우리 아버지가 늘 자랑스러웠다.
그날도 배우처럼 잘생기고 멋진 아버지가 떡하니 그렇게 함
께 가주어 너무 좋았다.

중학교 1학년 때 막냇동생이 태어났다. 좋은 어느 날, 큰이
모랑 동창이었던 국어 선생님이 말씀해 주셨다.

"하영아, 너 막냇동생 태어났단다. 빨리 집에 가 봐라."

(무슨 그런 얘기를 수업 시간에 한 데. 씨…)

그렇게 강제 조퇴를 당하고 집으로 걸어오면서 주머니에 있
던 천 원짜리 지폐로 나는 빨간 고무대야에 담겨있던 안개
꽃을 한 다발 샀다. 아저씨가 멋진 녀석이라며 묶음 다발을

크게 해서 주었다. 여름이라 부르기엔 너무 이른 계절이었
고, 한껏 멋을 부리기에도 난 아직 어린 나이였다.

얼마 전 대화를 나누는데 엄마가

"영이가 길 가다가 뜯어 왔능가, 꽃 뭉치 들고 왔더라."

동생들에게 말씀하시기에

"진짜 안 맞다. 그걸 뜯어 왔다꼬? 내가 미친다."

.

.

.

진짜 안 맞다. 엄마랑 나랑은….

'불후의 명곡'에서 린이라는 가수가 최백호 씨의 〈애비〉라
는 노래를 불렀다. 엉엉 소리 내며 울었다. 그 옛날 아버지
의 등이 그리워서, 아버지의 언덕이 그리워서….

아버지 보고 싶습니다.

경주책방은 나의 힘

천년고도(千年古都), 신라의 힘이 느껴지는
그곳에서 숨 쉰다.

어릴 적 동네에서 만날 수 있었던 서점. 온라인
서점의 강세와 대형서점에 밀려 작은 책방은 설 자리를 잃
어 갔다. 최근 책에 관한 다양한 시도를 엿볼 수 있는 '독립
서점'이 트렌드로 떠올랐다. 참으로 반가운 일이다. 독립서
점마다 책방 주인만의 관점이나 취향을 담은 큐레이션이 돋
보여 독립서점만을 찾아다니며 여행을 즐긴다. 개성 있는
책들을 다양하게 만날 수 있는 독립서점을 구경하는 것만으
로 행복한 일이다. 특히 경주는 내게 힐링 공간이다. 20대
중반 차를 사자마자 다녀왔던 곳이 경주였다. 살면서 스스
로가 동력을 일으켜 활력을 채워야 할 때 필요했던 나만의
커다란 케렌시아 공간. 우스갯소리로

"나는 전생(前生)에 신라의 공주다. 그래서 이곳이 나의 터전이었으리라."

"교회 다니는 사람이 별소리를 다 한다."

"마음이 그렇듯 편하다는 얘기다."

경주예찬을 하노라면 빠지지 않는 대화의 한 꼭지. 그럼에도 불구하고 경주는 나의 영역이다. 꿋꿋하게.

정말 작고 소박한 규모의 서점부터 독립서점은 아니지만, 호텔 안에 있는 '경주 산책' 까지 경주의 서점은 다 둘러보았다. 2년에 걸쳐(조금 더 긴 시간이었을까?) 틈이 생기면 혼자 혹은 친구랑 함께 둘러보았다. 작정하지는 않았는데, 갈 곳이 마땅히 없을 때는 서점 투어를 선택했다. 내게는 힐링의 공간이며 더 나아가 케렌시아였다. 그중에서 '소소밀밀' 은 그림책을 좋아하는 내게 안성맞춤 독립서점이었고, 'BOOKME' 서점은 일화가 있어서 계속 생각나는 곳이다.

– 그림책 서점 '소소밀밀' 황남점

"선생님. 스티커가 너무 예뻐요. 한 장 더 받을 수 있을까요?"
"그럼요. 더 드릴 수 있어요"

갈 때마다 부탁했던 나의 스티커 동냥. 예쁘고 귀엽고, 동그랗거나 네모난 서점의 로고가 찍혀진 스티커는 누구나 탐을 내는 건지, 내 눈에 엄청 좋아 보이는 건지 모르겠지만, 갈 적마다 스티커를 얻어온다.

경주시 포석로1092번길 16(황남동) 황리단길이 시작되는 곳에 있다. 아니다. 어쩌면 끝일 수도 있다. 천마총에서 가깝고, 들어서는 앞마당이 너무 예뻐서 들어서는 순간부터 앨리스가 되어 동화 속으로 걸어가는 느낌이 든다. 기와집은 개량한 것으로 짐작된다.

글을 쓰고, 그림을 그리는 부부가 직접 고른 괜찮은 그림책을 만날 수 있는 곳이다. '소소밀밀'은 얼마나 많은 좋은 날을 내게 선물했던가! 그림책과 다양한 상품이 있는 정말 작은 책방이다. 작은 책방의 가장 큰 매력 중의 하나가 주인의 취향과 안목을 담은 큐레이션이라면, '소소밀밀'은 바로 그런 장점이 크게 발휘된 곳이다. 밀밀 아저씨 구서보 작가가 그린 그림과 소소 아줌마 지혜 작가의 사진이 담겨있는 엽서들과 직접 쓰고 그려서 만든 '경주 그림산책 소소하고 밀밀하게'가 있다. 타지에서 경주로 이사 와서 느낀 경주의 아름다운 풍경들을 글과 그림으로 담았다.

"어서 오세요."

모자라지도 넘치지도 않는 싹싹함으로 잘 배운 티가 나는 나긋한 말투. 내가 처음 그 책방 주인을 보았을 때 '잘 배운 서울 여자의 지방살이' 그런 느낌이 들었다. '하긴 경주라는 도시는 그냥 평범한 경상도의 작은 도시가 아니지! 충분하게 타향살이할 만하기에 만족스럽지!' 라고 생각했다.

BOOKME 서점

'내가 오늘 좋은 데 보여줄게.'

내가 나에게 말했다. 너무 힘든 날. 아직도 선명하게 또렷이 기억되는 그날은 세상 어디로 꺼지고 싶은 마음마저 든 날, 회사 일과 개인 일이 뒤엉켜 뒤죽박죽인 그런 날이었다.

울산시 동구 바닷가에서 회의를 했다. 바닷가를 감상하기는 커녕 그날은 아주 예민하고 지친 날이 되었다. 회의를 마치고 사무실에 들어갔다가 퇴근 무렵 바로 경주로 갔다. 내겐 경주가 그런 곳이다.

숨 쉴 수 있는 곳. 대구에서 살 때는 마음을 먹어야 가는 길이었으나, 울산으로 와서는 그냥 갈 수 있는 곳이 되었다. 울산살이 하면서 기쁜 일 중 하나가 분명하다.

영화 관련 북카페. 생소했다. 평범한 계단을 올라 2층 문을 여는 순간, 오래된 테이블이 첫눈에 들어왔다. 누군가의 손때와 영감이 묻어있어 마치 나의 과거가 거기 한껏 묻어있는 느낌마저 들었다. 책뿐만 아니라 벽면도 포스터 등으로 앤틱하게 꾸며 놓았고, 소소한 소품과 인테리어를 구경하는 재미도 쏠쏠했다.

경주 읍성 근처에 있다. 자주 가는 앤티크 가게 근처이기도 해서 길치임에도 불구하고 그곳은 찾기가 쉬웠다. 빗방울이

투둑투둑 차창을 때렸다. 대충 주차하고 올라가서

"따뜻하고 부드러운 걸로 주세요. 커피 말고요."

언젠가부터 스트레스가 심한 날은 커피가 힘들다. 속이 아주 쓰렸다. 에스프레소를 마시던 20대를 비웃기라도 하는 양 '커피의 농도도 총량이 있을까?' 라는 생각을 했다.
혼자다. 그 공간에서 오로지 주인과 나, 둘 뿐이다. 잠시 후 목수(대화 나누다가 그녀의 직업을 알았다.)와 80대 노인이 카페로 들어와서 동석하게 되었다.

"오랜만이에요. 잘 계셨죠? 호호홍"

누구랄 것도 없이 나누는 대화에서 그들이 아는 사이라는 걸 금방 알았다. 조심스럽고 매끄럽지 않은 대화. '아! 시쳇말로 일로 만난 사이구나.' 대화하면서 웃고, 소소한 자기 이야기를 하고 그러면서 나의 고민을 잊고….
노인은 미국에서 패션 일을 하다가 지금은 범서 작은 마을에서 전원생활을 하고 계신단다.

"넌 니가 어떤 옷을 입어야 이뻐 보이는 줄 아는구나!"
무례함마저 느껴졌던 나에게 던지는 어투.
"아뇨. 전 그냥 편한 옷 좋아해요, 소재가 좋은."
"그러니까, 어찌 보면 가장 멋스러운 옷이지."
"감사합니다."

짧은 인사와 함께 트기 시작한 말꼬. 그 할머니는 말도, 자랑도 많은 양반이지만 꽤 유쾌했다. 무례함이라 여겨졌던 말투가 자꾸 듣다 보니 묘하게 설득되었다. 조금 지나서 결국 내가 졌다. 유쾌하고 박식한 그녀는 벌써 내게서 할머니에서 멋진 여인으로 변해 있었다.
얼떨떨하게 대화를 나누었다. 시간이 지나도 그날 그 칭찬을 생각하며 혼자 씨익 웃는다. 내 주위의 할머니는 가정주부가 대부분이었다. 그런데 미국에서 패션 공부하고 온 80대 패션디자이너를 우연한 자리에서 만난 것이다. '자기 일 다 하고 노후에 전원생활을 하는 성공한 여자.' 멋진 일이었고, 즐거운 경험이 하나 생긴 셈이다.

'나도 저렇게 당당하게 나이 들고 싶다.'

나오는 길에 고레에다 히로카즈의 《그렇게 아버지가 되어간다》, 《바다 마을 다이어리》 등 독립서점용 한정판을 사 왔다. 영화와 책의 차이점은 책으로 보는 게 훨씬 다양한 경험으로 남는다는 점이다. 자기만의 영화가 머릿속에 저장된다고 해야 하나? 대충 그런 느낌이다.

낯선 장소에서 사람을 만났다. 특이한 경험과 기분을 느꼈다. 평소 가지고 있던 노인에 대한 선입견을 무참히 무너뜨린 날이었다. 묘한 쾌감마저 들면서 낮에 있었던 풀리지 않는 숙제가 풀린 듯 행복했다. 물론 그 어떤 해답을 거기서는 얻지 못했다. 하지만 그날 일이 집에 오는 길을 가볍게 했고, 훗날에도 '숨 쉬었던 그곳이 케렌시아 공간이구나.' 생각하게 되었다.

지금도 생각하면 서점에서 뜻밖의 어색한 조우가 산소처럼 나를 숨 쉬게 했다. 인생은 예기치 못한 즐거움이 있으므로 살만한 것이 아닐까!

느림의 향유(享有) 그리고
글의 사유(私有)

큰 숨과 쉼이 필요할 때 느리게 책을 읽어 보라

깊은숨이 필요했던 시간이 있었다. 상처에 대한 잔상(殘像)이 사라지는 데도 오랜 시간을 할애했어야 했다. 지금도 가끔 그 상처가 떠올라서 신경을 긁고 지나가지만, '상처 없는 인생이 어디 있으랴.' 다독이며 상처를 쓸어안는다. 무엇 때문인지도, 어느 시점인지도 모르게 훅 치고 들어와 무심히 나가 버린다.

지나고 보니 그 시간은 나에게 삶의 가치와 자신을 사랑해야 하는 시간을 가지게 해주었다. 단단하게 나를 지탱하는 힘을 주었다. 세상에 공짜가 없다고들 하나, 고통의 크기에 비해 인간이 얻는 게 고작 '자신에게 시간을 주고 자신을 사랑하라는 깨달음이라니' 비루하다.

역설적으로 시련은 내게 좋은 선물을 주었다. 무기력에 빠져 책만 읽다 보니 독서의 재미를 진정 알게 된 것이다. 책을 읽을 때는 상처와 내가 없어지고 오직 글 속에서 시간이 지나간다. 고래가 바닷속에서 유영하다 숨을 쉬기 위해 활기차게 바다 위로 솟아오르듯이 나도 큰 숨으로 호흡한다. 답답함이 해소된다.

예전엔 그냥 양적으로 많이 읽기만 했더라면, 지금은 재미를 알아가면서 질적인 독서를 추구하게 되었다. 책을 통해 다른 사람과 의사소통을 한다. 상대가 그 책을 읽지 않았으면, 꼭 읽어보라고 추천하는 즐거움이 있다. 우리는 자신이 감동한 것을 누군가에게 이야기해서, 그 사람도 같은 감동을 맛보기를 원한다. 또한 상대가 이미 그 책을 읽었다면, 서로의 감상을 이야기해도 즐겁다.

우선 파생적인 지식으로 나를 꾸미는 게 아니라 내면을 바꾸고 현명하게 만드는 깊이 있는 독서를 하기로 했다. 무엇보다 천천히 시간을 들여서 하는 독서는 맛이 달랐다. 무조건 활자만 좇는 빈약한 독서에서, 의미를 생각하며 깊이 느끼는 독서를 했다. 어릴 적부터 다독했고 좋은 책을 많이 읽어 왔다고 생각했지만, 의미 깊은 독서를 하기 위해서는 책을 선택하기에서부터 어려움을 느꼈다. 피로할 만큼 매일 홍수처럼 쏟아지는 신간 광고에 어안이 벙벙해졌다. 그런데도 나는 고심하고 나름의 잣대로 책을 선택, 선별하여 읽기 시작했다. 작심 독서라고 명명(命名)하고, 독서기록과 일기를 쓰기 시작했다. 예전과 비교해 훨씬 수월하게 많은 책을 손에 넣을 수 있지만, 옛날 사람보다 우리가 지적(知的)인 생활을 한다고 할 수 있을까? 아무래도 그건 아닌 것 같다.

개인적인 경험을 돌이켜봐도 중·고등학교 시절에는 경제적인 여유가 없었기 때문에, 월초에 용돈을 받아 갖고 싶은 책과 카세트테이프 사고 나면 지갑이 텅 비었다. 그 후 다음 달까지는 계속 같은 책을 읽고 테이프 속 같은 노래만 들어야 했다. 그 시절에 만난 소설이나 음악은 아직도 세부까지 또렷하게 기억한다. 나 자신에게 큰 영향을 미쳤기에, 특별한 애착 또한 느껴진다.

마음이 힘들었을 때 한 권의 책을 의식적으로 많은 시간을 들여 천천히 읽었다. 시간이 날 때마다 책에 몰두했으니, 꽤 많은 시간을 할애한 것이다. 책을 감상하는 데 걸리는 시간과 노력을 아까워하지 않고, 오히려 그 시간과 노력에서 독서의 즐거움을 발견하고 싶었다. 숙독과 정독을 하게 되니, 책에 대한 이해가 깊어지고 새삼 독서가 재미있게 느껴진 것이다.

좋은 것에 싫증을 잘 내지 않는다. 정독해서 5번 이상 읽은 좋은 책도 있으며, 재미있던 황미나의 만화책은 열 번도 넘게 읽었다. 《안녕 미스터 블랙》이라는 만화책은 얼마 전 한정판으로 발간되자마자 교보문고에서 샀다. 주인공 '에드워드 노팅그라함'과 '에스몬다'는 지금도 나를 들뜨게 하는 이름이다.

아들도 나를 닮았는지 활자에 대한 집착이 강했다. 네다섯 살쯤 사계절 출판사에서 나온 '베르너 홀츠바르트'의 《누가 내 머리에 똥 쌌어?》라는 책을 문장부호까지 다 외운 일이 있었다. 한글을 떼지 못한 상황에서 계속 읽어주니 그림으로 익혀 다 외워 버린 거다.

물음표를 보고는

"엄마, 국자처럼 생긴 거 그다음에 나오지요?"

"빈아, 그럼 이다음엔 뭐가 나올까?"

느낌표가 나올 즈음 물었더니

"야구 방망이가 나올걸요?"

그때의 일을 생각하면 벅찬 마음에 가슴이 콩닥콩닥 뛴다. 그건 분명 재독의 힘이다. 그 후에도 아들은 《사과가 쿵》, 《곰 사냥을 떠나자》라는 책을 암기해 버렸다.

한 권의 책과의 만남은 평생에 단 한 번만으로 끝나는 것은 아니다. 그것은 생각보다 길며, '읽고 난 후 딱 덮어 버리는' 순간의 독서 대신 '읽고 나서 책장'에 두고 생각하는 독서를 택했다. 우선 책을 묵혀두고 숙성기간을 거친다. 시간을 보내고 다시 한번 그 책을 손에 들어본다. 숙성기간이란 물론 내 정신의 숙성기간을 말한다.

나에게 의미 깊었던 책은 오 년 후, 십 년 후 가끔 꺼내 다시 읽는다. 독서 할 때 메모지를 끼워 두는 습관이 있다. 그것은 훗날 나를 위한, 내게 주는 선물처럼 발견하는 쪽지나 메모를 보면서 행복해한다. 그때 예전에 표시했던 밑줄이나 메모는 관심의 기록이 되었다. '옛날엔 이런 것에 감동했군. 이쪽이 더 중요한데 여기에는 아무 표시가 안 되어 있네.' 라는 식으로 여러 가지 발견을 한다. 삐뚤삐뚤한 필치, 문자의 기세 등 모두가 나를 돌아보게 하는 단서가 된다.

언제부터인지는 정확하게 기억할 수 없지만, 책을 사면 나만의 의식이 있다. 책과 CD를 사면 기록하는 습관이다. 처음에는 궁금해서였고, 시간이 지나면서는 기록하고 점검하는 일련의 일들이 재미있었다. 먼저 날짜를 쓰는데, 날씨는 쓸 때도 있고 아닐 때도 있다. 어떤 날은 '누구랑 사러 제일서적에 갔다.', '비가 왔다.' 등 일기처럼 책 첫 장에 써놓는다. 책을 살 때도, 책 첫 장에 기록할 때도 그 놀라운 기쁨은 형언하기 힘들다. 마치 그 시간을 조금이라도 늘려 더 많이 기뻐하려고 하는 나를 보게 된다.

무언가를 진정으로 좋아한다는 것은 '무엇이 어떠해서 좋아한다.' 라는 말로는 부족하다. 딱히 어떤 느낌이라기보다 그냥 그러한 것이다. 어느 광고에서처럼 '묻지도 따지지도 않아야 하는' 그런 것이다. 진정 좋아한다는 것은….

삶은 속도가 아니라 방향이라는 말이 있다. 내 삶은 속도가 빨라서 힘들었던 적이 많았고, 조급함으로 어떤 분야에서든 두각을 나타내기 위해 잘하려고 했다. 힘들었고 숨 가빴다. 달리다가 하늘을 쳐다보기도 해야 했는데, 그러지 않았던 시간이 많은 탓에 늘 부족한 시간을 쪼개어 써야 했다.

그 와중에도 포기하지 않았던 나의 숨 쉴 공간이며 케렌시아 공간이 책이고 글이었다. 앞으로도 천천히 읽고 '사부작사부작' '꼼지락꼼지락' 가야겠다.

서문시장

오늘도 나는 시장을 돌아다닌다. 고로 존재한다.

대구 서문시장은 조선 중기부터 형성된 시장으로, 서문시장의 옛 이름은 대구장이다. 대구 장은 조선 시대에 평양전, 강경장과 함께 전국 3대 장터 중 한 곳이었다. 원래 대구읍성 북문 밖에 자리 잡은 소규모 장이었다가 임진왜란과 정유재란을 겪으면서 물자 조달의 필요성이 증대하자 장이 크게 발달하였다. 현재 서문시장의 대지 면적은 2만 7,062㎡, 건물 총면적은 6만 4,902㎡이다. 1지구, 2지구, 4지구, 5지구, 동산상가, 건해산물 상가 등 6개 지구로 구성되어 있고, 약 4,000개의 점포가 들어서 있으며, 상인 수는 약 2만여 명이다.

스무 살이 되면서 들락거리며 다니기 시작한 서문시장은 언제나 가고 싶은 쉼의 공간이다. 뭐라 말할 수 없는 자유와 창의 그리고 무한영감을 받는 곳이다.

중학교 가정 시간에 처음으로 '옥양목'이라는 천을 사러 서문시장에 갔다. 가정 선생님이 일러 준 대로 버스를 타고 서문시장에 내렸다. 그러고는 길을 잃지 않기 위해 전력을 다해 천 파는 곳을 찾아갔다. 가사 실기 시험에서 바느질로 만점을 받아 '대구 실과실기대회'에 나가게 되었고, 대회에서 써야 할 조각 천을 마련하기 위함이었다. '옥양목'과 '체크 바이어스'를 사 와서 시험을 쳤고 당당하게 상을 받았다. 상을 받기는 했는데, 그 상이 어떤 상이었는지는 지금 기억이 어렴풋하다. 1등인가 2등인가….

우습게도 나는 그날 길을 잃었고, 울면서 집에 전화해야 했다. 지금도 길치인 나는 내비게이션이 시키는 대로 가지만 그래도 가끔 길을 잃는다. '내가 바보가 아닌가.' 가끔 생각이 들 정도로. 스물일곱에 경주에서 친구들이랑 놀다가 대구로 와야 하는데, 정신을 차리고 보니 '왜관'이라는 곳에 가있었던 기억이 난다. 아버지는 내게 "니 도대체 어디를 간기고? 집만 나가면 내가 불안해 죽겠다."라고 하시던 말씀이 아직도 생생하다. 그때는 내비게이션도 없고 오로지 이정표와 촉 그리고 종이지도만 있었던…. 아! 옛날이여.

그때 그 '옥양목'을 사 오고 난 뒤 나의 인생은 확 바뀐 게 분명하다. 종종 시장엘 들러 하릴없이 그냥 돌아다니다가 오기도 하고, 알록달록 형형색색의 꽃무늬가 새겨진 천 주머니를 사 오기도 했다. 벽에 걸어놓고 나만의 오마주로 생각하기도 했다. 분명 무엇인지도 모를 그 느낌이 너무 좋아서 시장 구석구석 가게마다 특징을 새기면서 '나 혼자만의 시장'처럼 활보하고 다녔다.

중학교 이후 난 서문시장을 아주 많이 사랑하는 사람이 되었다. 고등학교를 지나 대학에 진학했고, 아르바이트를 하면서 본격적인 나의 서문시장행(行)이 시작되었다. 아르바이트를 해서 월급을 받으면 서문시장에 가서 베갯잇을 맞추고, 예쁜 것도 사고, 수입 편집숍도 갔다. 스트레스가 엄청 심하면 그 주 토요일에 가서 칼국수도 먹고, 납작만두도 먹고, 왁자지껄한 사람들의 고성 속에서 나의 침묵이 묻혀 역설적이게도 고요한 자유를 느낄 수 있었다.

"먹고 가라. 마시따(맛있다)."

시장 상인은 처음 본 사람한테도 반말을 한다. 하지만 아무도 기분 나빠하지 않는다. 떠들썩한 여자의 걸쭉한 사투리가 정감 있으며 살갑게 느껴지기까지도 한다. 혼자 다녀도 어색하지 않은 그 거리가 너무 좋았다. 혼자 먹고 다녀도 그곳에서는 아무도 '왜 혼자야?' 하지 않는다. 무관심이라기보다는 너무 많은 사람과 언어가 넘쳐흐르기 때문이다.

'애꿎은 나의 청춘도, 비애도 그곳 거기는 아마 나를 기억하고 있을 수도….'

결혼하고 아이를 가졌을 때, 일주일에 두세 번은 서문시장엘 다녔다. 볼일이 없을 때 억지로 핑계를 만들어 다녔다. 자주 다니던 아진상가 1층 '현대사'(천을 가져다주면 제품으로 만들어 주는 재봉틀 집)' 언니와는 30년이 넘은 인연이 되었다. 난 자주 커튼을 바꾸고, 베갯잇도 바꾸고, 나중에는 덮개를 만들어서 이곳저곳을 덮기 시작했다. 예쁜 건 한 마(세로 110, 가로 90cm) 잘라 와서 무심하게 벽에 걸어놓기도 했다. 빨간 체크는 이래저래 요긴하게 쓸 데가 많다.

타인을 만나서 30년이 넘는 시간을 함께 지내왔다. 식구라고 해도 될 만큼 가깝고, 애잔하고, 측은하며, 사랑하는 사람이 흔치 않을 것이다. 언니는 내게 그런 사람이다. 아이를 가지고 어려운 일을 겪었을 때도, 아버지가 돌아가셨을 때도 언니의 위로를 받았으며, 언니의 어머니가 돌아가셨을 때 나는 언니의 슬픔이 전해져 와서 힘들게 아팠던 기억이 난다. 그처럼 교감이 이루어지는 사이다.

그녀는 나랑 고작 몇 살 차이가 나지 않는다. 내가 학교에 다니고 아르바이트를 할 때 언니는 벌써 아이가 있었고, 남편과 몇 평 남짓한 작은 점포에서 재봉틀을 돌리고 있었다. 처음 언니는 나를 싫어하는 게 눈에 보일 만큼 친절하지 않게 나를 대했다. 자신의 처지와 내가 사뭇 다르고, 또한 한껏 멋을 부리고 다닌 내가 부럽기도 하고 질투도 나지 않았을까? 그래도 나는 언니가 좋았다. 언니의 손에서 만들어지는 작품들이 경이로웠다. 프랑스 잡지를 들고 가서 만들어 달라고 하면 똑같이 만들어 내는 그녀는 내게 천재였다. 그리고 그 속에서 나는 미칠 정도의 희열을 맛보았다. 직접 하지 않아도 내 맘에 드는 그 무언가를 만들어 주는 곳. 사람들은 스트레스를 받을 때 노래를 부르거나 술을 진탕 마시고 나면 잊힌다고들 한다. 리넨으로 가방을 만들거나 쿠션을 만들어 들고 올 때의 그 기분은 세상을 다 얻은 기분이다. 더 이상 내게 스트레스 따위는 없는 세상이 된다.

임신하고 일을 그만두었다. 시간이 많아지고 배가 불러오기 시작하면서 나는 하루가 멀다고 시장엘 다녔다. 정확히 말해서 원단 시장에 들러 바느질 가게에 가서 예쁜 실패를 사 오고(바느질은 하지 못하면서), 어느 날은 일본제 바늘 묶음을 사 오기도 했다. 얼마나 기쁜지 말도 못 했다.

그러면서 퀼트를 배우기 시작했다. 무엇을 잔뜩 사 오긴 했는데, 이걸로 무얼 할까 생각해 보니 '퀼트 수업을 듣자. 그러면 이 모든 재료를 다 써먹을 수 있겠다.' 싶었다. 아기 이불을 만들고 가방을 만들어 보니 세상에 이런 좋은 것이 없었다. 내친김에 '퀼트강사 1급'에 도전하기로 했다. 그런데 강사가 200만 원이 넘는 자격증반 수강료를 들고 사라져 버린 탓에 회원들은 자격증을 받지 못하고 강제 수료를 해야 했다. 그런데도 선생님께 진심으로 감사한다. 그 시간이 내게는 잊지 못할 행복의 시간이었고, 경력이 단절된 내게 하나의 희망이었다. 시간을 메꾸기에 더없이 좋았다가 나중에는 사랑하게 되기까지 하였다. '옥양목'으로 시작된 나의 서문시장 사랑은 '퀼트 수업'으로 완성되었다. 아이가 태어나고 나들이가 가능할 시점부터 다시 아이를 등에 업고 서문2지구에 가서 퀼트에 필요한 천을 사고, 아이를 재워놓고 바느질을 했다. 타인이 공감해 주지 않는 그 '케렌시아의 시간'을 어떻게 글로 표현할까?

예술가의 작업처럼 나의 '이불 짓기'는 밤을 새우고, 그러고 날이 새면 또 서문시장엘 가고, 또 밤이 오고. 그렇게 해서 이불 4채를 짓고, 가방 6개를 만들고 나서 나는 퀼트를 접었다. 지금도 나의 '리넨장'에는 조각 천들이 많이 있다. 그때 그 시간에 집중했던 전리품이라 생각한다.

다음 주에 서문시장엘 간다. 벌써 나는 행복하다. 'KTX를 타고 동대구에서 내려야지. 그러고는 지하철을 타고 내려서 맨 처음은 수제비를 먹고, 2지구에 가서 천을 사겠지. 그다음은 '현대사'에 가서 언니를 만나야지.' 지금 나는 감당할 수 없는 행복에 벅차다. 한 달 치 분량의 자유로움과 쉼을

저축하러 가야지. 케렌시아 저금통을 채우러 가야지. '즐겁다. 그리고 지금 나는 행복하다.'

"일상(日常)이 성사(聖事)다"

"성스러운 무언가를 찾는 인생이 아니라 내게 주어진 하루하루를 성스럽게 만드는 인생을 사는 것이 내 목표다. 나에게는 배우는 삶이 나를 성스럽게 했으며, 그 과정이 나의 케렌시아였다."

배움은 학력을 따기 위한 것이 아니어야 하며, 학력이 능력을 구분하는 조건이 되지 않아야 한다. 배움은 다른 이들이 서로 기대고 소통하는 힘이 되어야 한다. 경쟁하기 위해서가 아니라 살아가는데 실질적으로 필요하기에 배우고 공부해야 하며, 학교에 얽매이지 않아야 한다. 물론 나 역시 제도권 안에서 대학을 가고 대학원까지 마쳤으니,

그렇게 생각하는 사고는 모순될 수도 있으리라. 하지만 최소한 '그 대학 그 전공을 마쳤기에, 그 자리에 가야 한다.' 라는 생각의 틀은 깨자는 것이다.

교육정책을 공부하면서 느낀 건 기득권 세력의 학벌, 학력의 대물림이다. 언제나 대학은 한국 사회의 큰 화두였다. 크게 본다면 대학도 '세습의 범위에 들지 않을까!' 라고 생각한다. 소위 말하는 SKY 대학의 진학률을 보면 서울 강남 학군의 학생이 가장 많음이 '세습의 범위' 라는 생각을 뒷받침한다. 서울 강남은 우리나라에서 가장 부유한 지역이다. 부가 교육에 지대한 영향을 미치며, 그것이 학력 대물림이라 할 수 있다는 것이다.

필자는 학업과 돈벌이를 병행했기에, 대학을 4년 만에 마치지 못했다. 편입한 학교에서도 그랬고, 학위가 많은 것(학위가 3개이다.)에 비해 입학 동기가 별로 없다. 역설적으로 대학 교육 제도가 문제라고 떠들면서도 그 제도권 안에 들어가려고 노력한 사람이다.

"영이는 열다섯에 철이 다 들어부따(들어 버렸다)."

엄마가 주변 사람들에게 나를 소개하실 때 하는 말이다. 자조 섞인 말 같기도 하고, 어떨 땐 나를 놀리는 말 같기도 하다.

필자가 산 세상은 솔직히 생각보다 훨씬 독하고 험했다. 하지만 힘들다고 어리광을 부릴 순 없었다. 버티고 견뎌 내야만 했던 시절. 아버지의 잦은 사업실패와 다섯 명의 동생은 어린 내가 '애늙은이'로 살아갈 수밖에 없게 한 이유였다. 솔직히 능력과 실력은 세상보다 한참 부족하고 모자랐다. 하지만 버텨야 했고 견뎌 내야만 했다. 차가운 세상 속에서 아프다고 소리 내고 싶었지만, 그러기에는 너무 작은 목소리로 속으로만 소리치고 있었다. '난 맏이잖아!'

기댈 곳이 필요하고, 따뜻한 세상과 위로해 줄 누군가가 필요했다. 한마디로 나의 케렌시아가 필요했으며, 그런 필자에게 배움은 케렌시아가 되어 주었다. 6남매의 맏이인 필자는 항상 배움과 시간적인 여유가 부족했다. 여유가 생기면 배우는 데 투자하면서 조금씩 성장했기에, 동료보다 많이 배우는 사람이 되었다. 바이올린은 동생과 함께 배웠고, 피아노는 1년 반 가까이 꾸준하게 배워서, 친구 결혼식 때 피아노로 축가도 연주해 주었다. 20대 후반이었던 그때, 퇴근

하고 교습소에 가서 배우는 그 한 시간은 말로 표현할 수 없는 황홀경(悅惚境)의 시간이었다. 지금 그 선생님을 찾을 수 있다면 만나서 차도 마시고, 밥도 먹었으면 좋겠다. 얼굴에 주근깨가 귀엽고 하얗게 귀염상이던 선생님은 결혼 때문에 학원을 그만두었다. 선생님이 바뀐다는 말에 덩달아 필자도 피아노를 더는 배우지 않았다.

그러면서 태권도를 배우고 싶어 친구랑 도장에 갔다. 관장님이 필자를 아래위로 훑어보더니

"안 됩니다. 근력도 부족한 거 같고, 살집이 너무 없습니다."

바로 퇴짜를 맞고는 그 이튿날 테니스장에 갔다. 거기도 무슨 이유로 퇴짜를 맞았다. 엄청 화를 내던 친구는 혼자서 볼링을 배워보겠다며 따로 다니기 시작했다. 그 뒤로도 몸으로 쓰는 배움에는 늘 구박을 받거나 퇴짜를 맞았다. 여동생이랑 몇 년 전 배웠던 골프는 최악이었다. 가르쳐 주었던 여자 프로가

"제가 세상에서 가르쳤던 사람 중에 선생님이 제일 못해요."

부끄러웠다. 그리고는 잠정적으로 포기했다. 위용을 자랑하던 골프가방도 더는 쓸모없게 되었다. 처음부터 필자에게는 해당하지 않는 것들이었다. 진짜 몸치인 게 분명했다. 그때를 생각하면 아직도 등에 식은땀이 난다. 오랫동안 아이를 가르쳤지만, 저런 방법은 서로에게 독이 된다. 당시 필자가 어린 나이라 자기감정 조절이 안 되나 싶기도 했다.(아! 물론 엄청나게 못 한 건 인정한다.) 유일하게 몸으로 배우면서 칭찬받았던 '발레'는 정말 즐겁고 재미난 배움이었다. 어떻게든 무얼 배우고 익히면 무엇이 될지는 모르지만…. 나는 과연 '하고잡이'일까? '열등감'일까?

'용기는 어마어마한 결심이 아니라 결정이다.' 비겁하다는 건 용기를 내지 못한 것이 아니라 그 또한 자기의 결정으로 결심하지 않았다는 것이다. 용기와 비겁함을 상반되게 생각지 말자. 용기는 자기의 결정이고, 비겁함은 용기 냄을 결정하지 않은 것이다.

윗글에서 밝힌바 필자의 20대는 치열했고 상처투성이이며 배움을 갈망하던 시기였다. 그때는 몰랐다. 그 열망이 필자를 여태껏 지탱해 주고 앞으로 나아가게 했으며, 여기까지 오게 한 원동력이 되었다는 걸.

사람은 혹 취미가 일이 되면 행복할 거라는 말을 한다. 물론 반대의 경우도 많이 있다. 필자는 후자의 경우에 방점을 찍는다. '배움'에 흥분했으며 미치도록 즐거웠다고 해도 과언이 아니다. 한 번씩은 체력이 모자라 링거를 맞아 가면서도 배움에 몰입했던 그 시간이 행복했으며, 지금도 후회하지 않는다. 때에 따라서는 배우는 것이 너무 싫을 수도 있다. 동료 A는 자주 내게 그런다.

"너무 빡빡하게 살지 마라. 그러다가 늙어 후회한 데이. 적당히 마시고 놀고 즐겨…. 뭐 하러 그렇게 살아."

그 말은 분명코 필자를 위한다거나 필자의 미래를 위한 말은 아니었겠다고 짐작한다. 그 말에 이렇게 말해주고 싶다. 진짜.

"이렇게 사는 제 삶이 어느 때보다 행복합니다. 사소한 배움의 시간이 허락하지 않았다면 나는 숨 쉴 수 없었어요."

맞다. 그런 배움이 없었다면, 필자는 너무 힘들었을 것 같다. 배움은 나에게 쉼표였고, 쉼표가 있었기에 다시 나아갈 힘이 생겼다. 그 쉼표가 나에겐 소중한 케렌시아였다.

나를 보상해 주는 말 한마디

몸에는 온기가 있다. 그처럼 마음에도 온기가 있다. 아니, 온기 정도가 아니라 뜨거운 열을 내는 난로가 있다. 자신이 가진 마음의 열로 다른 사람의 마음을 따뜻하게 만들 수 있게 하는 것이 말이다. 살갗을 에는 추위란 표현을 많이 쓴다. 이런 추위는 물리적인 추위이다. 세상을 살다 보면, 물리적 추위보다는 정신적 추위를 겪을 때가 더 많다. 살아가면서 겪는 고통을 추위에 비유하곤 한다. 이런 추위를 따뜻하게 녹여주기 위해서는 따뜻함이 필요하다. 내가 누군가의 정신적인 추위(고통)를 따뜻하게 해주는 방법이 말을 통해서다. 내 가슴에 있는 따뜻함을 상대의 가슴에 전달하는 것이 곧 말 한마디이다. 주기만 하는 것이 아니라 받기도 한다. 그것은 지렛대이다. 쓰러지지 않게 받쳐주는 하나의 마음이 다른 하나의 마음의 지렛대가 되어 서로를 넘어지지 않게 받쳐주는 것이다. 그 지렛대가 말 한마디이다.

어두운 조명 아래 술을 마시고, 짙은 대화를 나누고, 서로의 안위를 살펴 주며 취하고, 그러면서 심신이 편안해지는……. 물론 좋은 방법이다. 자유로운 시간, 공간. 그런데 그런 공동 시간, 장소에서 자유를 얻지 못하고 피로한 사람도 많다. 이런 피로사회에 사는 것이 때론 버거울 때도 있다.

"천재도 스무 살 넘으면 보통 사람"이라는 말이 있다. 어렸을 때 천재라고 소문났던 사람이 성장한 후에 보통 사람이 되어버리는 예는 과거에도 허다했다. 그러나 어려서부터 천부적인 재능을 가지고, 성장해서 더 활약하는 천재들도 적지 않다. 하지만 그런 천재를 만나기는 쉽지 않다. 책을 통해 천재나 위인의 인생을 들여다보고 많은 것을 배웠다. 그러나 그것보다는 일상생활 속에서 만난 여러 무명의 사람에게서 더 많은 것을 배웠다고 생각한다. 생각해 보면 가까이 지내던 많은 사람이 필자의 인생 스승이 되어주었다. 그런 인생 스승과는 어김없이 따뜻한 말 한마디를 주고받았다.

살아보니 세상은 공평한 부분도 많다. 예를 들면 '부정적 부자' 로 자란 사람은 사랑받지 못하여 공격적이고 안하무인이며 거칠고 흠이 많다. 반면 '긍정적 가난' 을 경험한 사람은 타인의 처지를 공감하고 베풀 줄도 알고, 마음이 쓰라릴 때 껴안아 주기도 하는 사람으로 성장한다. '들장미 소녀 캔디' 같은 경우다. 캔디는 태어나자마자 포니의 집이라는 보육원에 맡겨져 자랐지만, 여러 어려운 환경을 극복하고 의지가 강한 여성으로 성장했다. 그녀는 어려운 환경 속에 자랐지만, 웃음을 잃어버리지 않는 긍정적인 삶을 살았다. 즉, '긍정적 가난' 의 삶을 산 것이다. 이는 윤석중이 작사한 캔디의 만화 영화 주제곡 첫머리인 "외로워도 슬퍼도 나는 안 울어."라는 노랫말 속에 고스란히 담겨있다.

늘 필자의 10대는 힘들었다고 생각했다. 부모님과 동생들 때문에 놓쳐버린 캐나다 유학길을 못내 서운해했다. 너무 초라하다고 생각했다. 대학을 가고, 일을 하고, 돈을 벌고, 저금도 했다. 명품도 입고, 메고 다녔다. 동생들에게도 많이 사주고, 흔히 말하는 투잡(Two Job)도 하고, 공부도 하고 많이 바빴다. 내 머릿속에는 그런 것들이 모두 힘든 상태로 새겨져 있었다. 그런데 몇 년 전 친구의 한마디가 나의 과거를 보상받게 했다.

"넌 언제나 빛났고 누구에게나 사랑받았어. 가난이 차라리 멋져 보일 만큼."

그 말을 듣고 '들장미 소녀 캔디'가 연상된 것이다. 물론 친구는 포장해서 말했을 것이다. 그 친구는 나를 좋아했으니. 며칠 동안 마음이 따뜻했다. 우리는 누군가에게 '따뜻한 마음'을 갖게 해줄 수 있다는 것을 느꼈다. 그 친구의 말 한마디가 어둠이었다고 느끼기만 했던 중·고등학교 시절을 빛나게 했고 나의 청년 시절을 환하게 해주었다. 그 시간 이후 나는 굉장히 잘하려고 하는 소녀였고, 환경이 열등했다는 생각을 버릴 수 있었다. 반면에 다복(多福)하였으며, 형제도 많아서 외롭지 않았고, 그 속에서 리더십을 배웠고 또한 사랑받았으며 잘 자랐다고 생각하게 되었다.

버려야 할 사람을 구별 짓고 행동한다는 것은 꽤 어려운 일이다. 하지만 사람은 지속적인 관계를 맺어야 하는 사람이 있고, 당장 멀리해야 할 사람이 있다. 나의 장난을 받아주지 않는 사람과 자기의 감정을 드러내지 않는 사람은 그 사람이 아무리 자원과 인맥과 동력을 갖춘 사람이라 할지라도 용기를 내어 나의 곁을 내주지 말아야 한다. 장난이면 예의가 허락하는 한 받아주는 것이 서로가 교감하는 일이다. 신분 차이가 나더라도 아주 사소한 대답 한마디, 진지한 공적 대화에서도 사소한 눈 찡긋 한 번 할 수 없는 일은 없다. 사람은 흔히 친하면 같아야 한다는 생각을 가진다. 같은 장소에 같은 차를 타고, 같은 휴게소에 들러 일을 보고 간식을 사 먹어야 한다는 어긋난 '비합리적 신념', 그와 같은 '친함은 같음'이라는 사고를 바꾸어야 한다. 다른 차를 타고, 같은 장소에서 만나기, 얼마나 반가울까, 상상해 보자.

나는 감히 말한다. 누군가의 따스한 말 한마디가 나의 인생을 바꾸어 놓았다고…. 행복하고 따스한 공간으로 만들어 주었고, 힘들었던 나의 과거를 '노력했던 장하영 씨'로 탄생하게 하였다고.

"있잖아. 너의 한마디가 나에게 케렌시아였어. 고마웠어."

포기라는 단어는 젊음과 어울리지 않는다. 젊음과 어울리는 단어는 생명력이다. 그 젊고 푸른 시절을 온몸으로 겪고 지나와 이즈음에 선 나는 지금, 그 길 위에 선 친구들에게 진심을 담아 응원의 말 한마디를 전하고 싶다.

청춘

푸를 청(靑), 봄 춘(春)

젊음은 인생의 봄이다.

여행길의 노스탤지어(Nostalgia)
박경리의 《토지》와 《김 약국의 딸들》

– 토지

《토지》와 《김 약국의 딸들》은 여행 갈 적마다 들고 다녔던 책이다. 박경리 작가의 책은 깡그리 다 읽었지만, 그중 제일 애정(愛情)하는 책. 여행을 가서 한 장씩이라도 읽을라치면 너무 벅차오르는 감동을 느낀다. 그래서 난 이 책을 사랑한다. 근본적으로 박경리 작가님을 좋아한다. 그녀의 글에서 나는 힐링하며 쉼 한다.

박경리 작가는 음력 1926년 10월 28일 경상남도 통영에서 태어났다. 본명은 '박금이'로 필명 박경리는 김동리가 지어주었다고 한다. 1945년 진주 공립고등 여학교를, 1950년 서울 가정 보육 사범학교 가정과(현 세종대학교)를 졸업하였다. 박경리가 본격적으로 문학과 인연을 맺게 된 것은 당시 문단의 중견 작가였던 김동리와의 우연한 만남에서 비롯되었다고 한다.

"사람이 온다는 건 실은 어마어마한 일이다.

그의 과거와 현재와

그리고 그의 미래가 함께 오기 때문이다.

한 사람의 일생이 오기 때문이다."

– 〈방문객〉, 정현종

그렇다. 실로 어마어마한 일이다. '대작가와 대작가가 될 사람의 만남은 결코 우연이 아닐뿐더러 기적이요, 시대 소명(召命)의 바람이었을 것이다.'

박경리의 《토지》는 1969년에 집필하기 시작해 1994년 8월, 총 5부 25편 16권으로 완간한 역사소설이다. 집필에만 25년이 걸렸으니, 설정에서 헷갈리지 않은 것이 대단하다. 경상도 사투리가 많고 구어를 그대로 옮겨서 경상도 출신인 내가 봐도 모르는 단어가 수두룩했다. 소설은 동학농민운동과 갑오경장 직후인 1897년부터 1945년 광복까지를 배경으로 한 가문의 몰락에서 재기에 이르는 과정을 경남 하동군 평사리와 용정, 진주와 서울, 일본, 만주 등 동아시아 전역을 무대로 그렸다. 결코 좁은 관점의 이야기가 아닌, 개인 경험을 바탕으로 한 시대의 고통을 드러냈다고도 평가받는다.

우선 소설은 최서희라는 여성을 중심으로 그녀의 가족사를 그리고 있으며, 구한말부터 광복에 이르기까지의 시대를 아우른다. 이 소설은 일제 강점기 우리나라의 고달픈 역사를 보여주는 동시에 한 가족의 몰락과 귀향, 혼란한 세대의 폭력성, 전후 현실의 부조리, 한 여인의 삶의 애환과 사랑이 그 안에 모두 녹아들어 있어 한국의 정서와 문화를 잘 보여주고 있다.

우리나라의 전통사회는 농경사회였으므로 분가한 아들이 부모와 가까이 살며 부모로부터 상속받은 토지를 경작하였고, 가족은 노동력을 공유하며 생산과 육아를 공동 분담하였다. 소설 《토지》에서 역시 이와 같은 가족 형태인 최 참판을 중심으로 하는 확대가족이 등장하는데, 소설의 중심배경이 되는 평사리는 최씨 일가를 중심으로 하는 가족들로 이루어진 지역이라고 할 수 있다. 이 소설은 최씨 일가에게 일어난 사건을 한국사에 녹아내며 한 가족이 역사의 흐름 속에서 어떻게 변화하는지를 보여주는 가족사 소설이라 할 수 있다. 소설에 등장하는 인물은 신분을 뛰어넘는 결혼을 통해 가족을 이루면서 갈등을 겪거나 대의와 가족 사이에서의 선택을 두고 갈등하는 등 가족은 등장인물의 삶에서 중요한 요소로 작용한다. 가족주의적 문화가 많이 들어 있다.

또 다른 문화인 집단주의는 개인이 집단의 일부로 존재하는 것을 바탕으로 하는 특징을 가지며, 씨족과 집안, 동향 사람을 중심으로 하는 집단을 바탕으로 하는 특징을 보인다. 소설 《토지》에서 또한 최씨 집안의 집단주의적 특성이 잘 드러난다. 인물들은 최씨 집안 구성원과 평사리라는 지역적 동질감을 가진 인물이 서로에게 닥친 어려움을 함께 해결해 나가는 과정을 보여주며, 서로 다른 집단은 서로 다른 가치관과 문화를 보여준다.

이러한 집단주의는 집단 안에서 서로 친목을 도모하고 돕는 상부상조의 문화를 만들어 낸다. 이것은 한국 사회가 혈연, 지연을 중심으로 서로 돕는 전통을 만들어 내는 긍정적인 역할을 하고 부당한 이기심을 정당화하고 더 큰 단결을 저해할 수 있다는 단점을 보이기도 한다. 《토지》의 작품에서 더 큰 근간이 자리 잡고 있는데, 그것은 바로 생명 사상이다. 물론 작가는 생명 사상이 어떠한 거라고 딱히 명명한 건 없다. 다만 저변에 생명 사상의 기초가 깔린 것이다. 생명 사상 가운데서도 휴머니즘을 넘어선 생명 사상으로 특징지어진다.

"작가가 제시하는 문제는 전 지구적 현실의 보편성에 맞닿아 있다."

라고 생각한다.

"근대로 이행하면서 땅의 상상력은 서서히 돈의 상상력에 밀리게 된다. 서희와 길상이 땅을 상실한 것도, 회복한 것도 결국 돈의 문제였다. 최 참판 댁뿐만 아니라 이 소설에 등장하는 수많은 인물이 돈의 상상력을 극적으로 보여준다. 일례로 강청댁 – 용이– 월선의 갈등과 임이네 – 용이 – 월선의 삼각형으로 대치되는 관계. 욕망의 악무한(惡無限)으로 자신의 삶을 전개하는 임이네와 영원한 아니마 여성의 화신인 월선의 대

극적 만남과 갈등의 한복판에 용이의 존재 방식이 놓이기 때문이다. 여기서 임이네의 욕망이 문제가 있다. 애욕과 질투도 문제지만 '상사병과도 같은 돈에 대한 집념'이 두드러진다."

– 문화 속 돈이야기 KOMSCO 이야기 (화폐와 행복) 2016.10.10. 인용 –

한국문화는 한국 사람의 삶 속에서 자연스럽게 만들어지는 것으로, 시간의 변화에 따라 변화하기도 하고 새롭게 만들어지거나 소멸하기도 한다. 소설 《토지》는 한국의 근, 현대화라는 시대적 변화를 바탕으로 긴 시간 속에서 한국인의 정서와 삶에 녹아있는 문화의 특성을 잘 보여주는 소설이다. 한국의 가족주의와 집단주의, 생명 사상은 과거의 전통 가족의 형태가 사라진 현대사회에서도 여전히 남아 한국사회의 다양한 정서를 대변하고 있다.

– 김 약국의 딸들

《김 약국의 딸들》은 1962년에 발표한 장편소설이다. 약국을 중심으로 한 가족이 3대에 걸쳐 몰락하는 과정을 다룬 작품으로, 이후에 발표된 작품들의 문체와 제재에 많은 영향을 주었다. 시대적 배경인 1900년대 초는 한일합방이 되던 무렵이다. 이 책은 특히나 스토리도 단단하게 좋았지만, 특유의 진한 대화체에서 나오는 걸쭉한 느낌의 구어를 그대로 옮긴 표현도 좋았고, 사투리도 너무 좋았다.

여행을 갈 때면 늘 끼고 가던 책이라 여러 권이 있었다. 호텔 방 창가에 두고 오거나, 욕실에 두고 오기도 하여 여러 권 산 기억이 있다. 결국은 다 잃어버린 것 같다. 서재에 언뜻 눈에 띄지 않는 걸 보니 또 잃어버렸나 보다.

얼마 전 통영에 가서 다리 위 박경리 작가의 글이 새겨진 자그마한 비석도 보고, 박경리 기념관을 방문하여 둘러보았고, 그녀의 묘소도 참배하였다. 누군가를 만나 그 사람의 일상과 삶을 내 삶에 겹쳐본다는 것은 많은 의미로 남는다. 그녀의 삶과 그녀의 글과 책을 통해 나는 미소 짓는다.

이 또한 내게는 하늘을 보듯 행복하며 시원하다. 그리고 가만히 긴 호흡을 짓는다.

내 인생의 멋진 날

무언가를 배운다는 것은 내 생활을 개혁하는 일이다. 배우는 것이 섬에 가는 것이라면 다리를 건너거나, 배를 타거나 혹은 비행기를 타야 한다. 타고 가는 과정이 있어야 목적지에 도착할 수 있다. 난 배우기를 좋아한다. 배운다는 것은 새로운 것에 마음을 여는 일이다.

외국인에게 우리 언어를 가르치는 한국어 교원 자격증에 도전했다. 우리나라는 이미 다문화 국가가 되었다. 그들에게 우리 언어를 가르치는 일이 그들을 향해 마음의 문을 여는 일이라 생각했다. 오늘은 다문화 학생을 상대로 한국어 교육 실습하는 날이다. 섬에 도착하기 위한 다리를 건너는 중이다.

아침부터 부산스럽다. 엊저녁 다려서 챙겨놓은 비둘기색 바지 정장 차림의 옷이 썩 마음에 든다. 주섬주섬 입고 나서 보니 어딘가 이상하다. 단추가 하나 떨어졌네. 바늘귀에 실을 꿰는 일도 어렵다. 그래도 맞춰놓은 그 옷을 입고 가야겠다. 단추 달고, 같은 색 양말로 맞춰 신고 나선다. 샤넬 5번 한 번 뿌려주니 만족스럽다. 노트북 가방과 필통, 강의자료를 주섬주섬 챙겨서 현관을 나오는데, 문득 '오늘이 참 행복한 날로 기억되겠다' 라는 생각이 든다. 어젯밤 늦게까지 준비한 강의 노트와 학생에게 일러줄 여러 장의 학습자료, 테이프와 보드마카까지 빠짐없이 챙겨가는 이른 새벽 내려놓은 블루마운틴 커피.

"출발!"

집을 나와 고속도로 입구까지 25분가량 소요된다. 오늘은 내비게이션의 안내대로 잘 도착해서 나들목을 벗어났다. 긴장을 살짝 풀고 이문세의 노래를 듣는다. 〈솔로 예찬〉, 〈애수〉. 수업하러 갈 적마다 듣는 무한반복 노래. '행복하다' 가

절로 나온다.

부산으로 들어서면서 만나는 '광안대교', 꼭 죽으러 가는 사람마냥 무섭다. 가운데 차선도, 바다가 보이는 차선도 무섭다. 떨어질 것 같고 울고 싶다. 그래도 이 도로가 끝나야 학교로 가니, 큰 숨 내쉬고 용기를 내서 달려보자. 까짓것.

광안대교를 내려오면 바로 지하도로가 보인다. 그 옆길로 나가야 한다. 이제는 외웠다. 무조건 그려놓고, 외우고 학습한다. 동명대 이정표가 보인다. 오르막길을 지나 조그만 학교 안 로터리를 지나면 주차장, 도착했다. 또다시 오르막이다. 이제는 걸어가야 한다. 헉헉헉…. '운동을 해야 해. 운동이 부족해.'

801호 강의실. 수업하는 교실이다. 28명. 각자의 직업과 나이와 성별이 다르다. 27세부터 63세까지 있는 교실. 오늘 나는 태국, 베트남, 중국 학생들 앞에서 모의수업을 해야 한다. 이제껏 수업한 걸 실습하는 날이다. 기초한글(서울대학교 편찬), 사랑하는 나의 한국어 교재로 모의수업을 준비했다. 수업지도안을 교수님께 드리고 학생들에게도 나눠 줬다. 그리고 준비해 놓은 커다란 전지 크기의 교안을 화이트보드에 마스킹테이프를 뜯어서 붙였다. 비장의 무기로 보드마카를 전지 위에 필기하면서 멀리서도 잘 보이게끔 준비했다. '깜짝 놀랐지?' 놀라는 눈치다. 전 시간 선생님의 시연을 보다가 문득 생각해 낸 보드마카. 펜으로 설명하니 학생에게는 보이지 않는다. 보드마카 열연으로 학생들에게는 인상 깊은 한 장면 정도는 시사했다. 공연장에서의 예절을 가르칠 때는

"공연장 안에서는 큰 소리로 말하지 않아요. 과자를 먹지 않아요."

열심히 설명하고, 학생의 반응도 살폈다. '핑핑'이라는 이름을 가진 태국에서 온 여학생은 대답도 잘하고, 우리말도 아주 많이 잘했다. 중국에서 온 '니웨이'는 자주 지각하는 학생이었는데, 다행히 오늘은 제시간에 와주어 고맙다. 공공장소에서의 예절 편을 가르쳤지만, 부연 설명으로 하지 말아야 하는 일과 조금은 용인되는 사항도 알려주었다.

외국에서 산 경험이 있던 터라 외국인으로 살아가는 일이 힘들다는 걸 익히 알고 있다. 아들이 유학생으로 타국에 있

기에 한국으로 유학 와 있는 학생이 더 마음으로 다가온다. 모국어가 아닌, 언어를 습득하고 배운다는 건 분명 멋지고 풍요로운 일이다. 하지만 쉽고 가볍지만은 않기에 노력하고 시간을 들여야 하는 일이 맞다. '잘 가르치고 싶다. 더군다나 많이 벼르고 있던 일이 아닌가!' 수업이 어떻게 진행되었는지도 모르게 끝이 났다. 뒤로도 여러 선생님의 모의수업이 있었고, 마침 6명 우리 조의 모의수업이 다 끝이 났다.

"10분 휴식 시간 가질게요. 선생님들 수업 시연 평가할 겁니다."

교수님의 카랑카랑한 목소리가 들리고 심각한 분위기가 잠시 흘렀다.

많이 부족하면 졸업하기 힘들다. 긴장되면서도 설레는 건 무슨 감정인지 모르겠다. 누군가의 평가를 받는다는 건 긴장도 되지만, 거시적으로 볼 때 설레기도 한다. 교수님은 수업지도안은 내가 젤 낫다고 하신다. 목소리 발음도 높은 점수를 받았다. '난 가르치는 게 체질이야.' 만족한다. 수업지도안을 얼마나 공을 들어 만들었던지. 극장 사진과 팝콘 사진을 골라 수업자료로 사용하려고 노력한 그 자잘한 가위질과 풀칠을 누가 알겠는가?

전지 한 장씩 뒷면에 커닝 페이퍼를 붙이고, 학생들에게 그림 자료를 들어 보여주며 설명했던 그 자질구레하면서도 곰살맞은 작업은 노력이며 영광이어라. 어떻게 시간이 흘렀는지 모의수업 시연이 끝이 났다.

바쁜 시간을 쪼개어서 한 공부의 대미(大尾)를 장식한 뿌듯함이랄까? 묘한 기분을 느끼며 짐을 주섬주섬 쌌다. 맨 앞 책상 위에 여느 날처럼 '주차권 가져가세요.' 메모가 놓여 있다.

다 끝이 났다. 이 공부가 힘이 든 건지, 체력이 많이 달리는 것인지는 모른다. 어찌 되었든 간에 끝이 나서 통과했고, 거기에서 오는 성취감을 맛보는 중이다. 〈솔로 예찬〉과 〈애수〉를 들으면서 정신 나간 여자처럼 목청껏 불러 젖힌다. 핸들을 잡은 오른손 약지와 새끼손가락은 박자를 타며 까딱거리는 중이고….

"엄마는 조선 시대에서 살다 온 개방적 여자 같아요."

아들이 주문처럼 외는 말. 처음 들었을 때 대치되는 단어로 조합된 말 때문에 웃었다. 아빠는 '소심한 계획 주의자', 엄마는 '보수적 개혁주의자'라는 식으로 정의 내리는 걸 재밌어한다. 정말 나는 개방적인 걸 추구하면서도 아이러니하게 보수적이다. 무엇을 배우고, 해보고 하는 것도 개방이나 뭐 개혁이라는 느낌이 들지만, 실제 선택은 보수적인 게 맞다. 광안대교를 통과하고 학교에 도착한 것과 한국어 교원 과정을 통과한 것이 대비된다. 인생은 무언가를 '통과'하는 과정이란 생각이 든다. 통과하기 위해서는 마음의 문부터 열고 발을 내디뎌야 한다. 그래야 다리를 건널 수 있다. 그래야 새로운 세계와 만날 수 있다. 오늘 난 새로운 '통과'를 했고, 이러한 통과가 내 인생을 멋지게 만든다. 나처럼 다문화 학생들도 이런 '통과'를 거쳐 우리나라에서 멋진 인생을 살게 되기를 기대해 본다.

PART

03

윤창영

2003년 창조문예로 등단(추천인 박화목 시인– 〈보리밭〉, 〈과수원길〉 작사가)했다. 시인, 아동문학가, 에세이스트, 책 쓰기 컨설턴터로 활동하고 있으며 현재 울산작가회의 감사, 울산 아동문학인협회 부회장, ㈜이야기 끓이는 주전자 대표 작가, 울산 이야기숲 회장, 경부울 문화연대 스토리텔링 작가로 활동 중이다.

저서로는 〈사랑이란 가슴에 꽃으로 못 치는 일〉, 〈지구에 산 기념으로 책 한 권은 남기자〉, 〈입시 승부 이제는 대입 자기소개서다〉, 〈행복한 습관이 행복을 만든다〉, 〈시작하지 않은 사랑은, 길다〉(4인 공저), 〈알고 보면 쉬운 인간관계 매뉴얼〉, 〈책 쓰기 아침 편지〉, 〈영감은 어떻게 시가 되는가〉, 〈아침은 그냥 오는 것이 아니다〉, 〈유토피아로 가는 여정〉(6인 공저) 등이 있다.

제3장

케렌시아와
인생
리모델링

윤창영

개인으로 볼 때, 자신에게 최적화된 삶의 방식이 무엇인지는 어렴풋이 알고 있지만, 그것을 구체화하여 실행하지 못하는 경우가 많다. 그것을 찾아 구체화하여 개념으로 만들고, 달성해야 할 목표를 세우고 실행하여 개선하는 것이 인생 리모델링이라 할 수 있다.

삼성 이건희 회장은 대기업 총수로서의 사회적 지위와 많은 재산을 보유했다. 하지만 건강을 잃으니 지위와 재산은 아무 소용이 없었다. 평균 수명도 살지 못했다. 독자 여러분은 지금 자신의 몸이 건강하다고 생각하는가?

몸이 그릇이라면, 정신은 내용물이다. 자신의 정신을 한번 돌아보자. 자신에 대해 스스로 만족할 수 있는가? 자신이 지닌 성격적인 결함을 당연시하지는 않는가?

50대 후반인 필자는 몸과 마음에 만족하지 못했다. 조금만 고치면 인생이 더 좋아지고 행복해질 거라는 생각이 들었지만, 바쁘다는 핑계로 그것을 미뤄왔다. 단편적으로 몸과 정신을 바꾸려 노력하지 않은 것은 아니지만, 다른 것이 함께 바뀌지 않으니 다시 원위치로 돌아갔다.

그러면서 인생 전반에 걸쳐 살펴보고 더 나은 나를 위해 고칠 것은 고쳐야겠다고 생각하게 되었다. 또한 살아오면서 많은 사람을 경험했다. 그런 경험을 하면서 필자가 가진 고민을 다른 사람도 똑같이 하고 있다는 것을 깨달았다. 가령 다이어트나, 운동이나, 외모에 관련된 것이나, 건강이나, 성격적인 결함이나, 사고방식이나, 생활환경이나, 습관 등 수도 없이 많은 부분에서 좀 더 나은 상태가 되기를 바라면서도, 현실을 바꾸려는 노력 없이 그냥 사는 대로 살아가는 많은 사람을 보았다.

필자는 먼저 나를 리모델링하면서 독자도 할 수 있다는 생각을 심어주고 싶었다. 먼저 내가 변하고 다른 사람에게 권하겠다고 생각했다. 나도 바뀌지 않으면서 어떻게 다른 사람에게 바뀌기를 권할 수 있을 것인가.

리모델링이라는 말은 자기계발이라는 말보다 더욱 구체적인 말이다. 자기계발이라는 말은 추상적이지만, 리모델링이라는 말은 물리적인 용어다. 자기계발이라는 것은 정신적인 성격이 강하지만, 리모델링이라는 말은 건축에 사용되는 용어이기에 훨씬 구체적이다. 추상적인 개념보다는 물리적인 표현을 사용함으로써 자기계발이라는 용어를 시각화하고자 했다. 눈에 보이지 않는 것보다는 눈에 보이는 게 훨씬 더 설득력이 있다.

이사를 하면서 리모델링을 한 경험이 있을 것이다. 낡은 집이 깨끗하고 편하게 살 수 있도록 변한 것을 눈으로 보았을 것이다. 내가 시도한 인생 리모델링은 그런 시각화된 것을 의미한다. 변화된 상황을 최대한 독자가 느낄 수 있게 서술했다.

윤창영

'미라클 모닝'과 케렌시아

아침은 그냥 오는 것이 아니다. 며칠 전 생일이 지났으니 만으로 59살이 된다. 오늘 아침이 오기까지 지구는 태양을 59번이나 돌았고, 달은 지구를 708번이나 돌았다. 지구가 21,535바퀴나 자전했으니, 그만큼의 날이 저물고 난 후 내 인생이 오늘 아침을 맞이하는 것이다.

한 송이 국화꽃을 피우기 위해 봄부터 소쩍새는 그렇게 울고, 천둥은 또 먹구름 속에서 그렇게 울었다는 서정주 시인의 시처럼 오늘 아침은 그렇게 귀하다. 세상에 당연한 것은 하나도 없으며, 오늘 아침 눈을 뜨는 것보다 귀한 것은 없다. 새벽 눈을 뜨는 것에 감사하며 일어나기에 매일 아침이 '미라클 모닝'이다.

현대인은 지쳐있다. 일에, 가정에, 교육에, 노년 준비에. 그렇기에 아침, 피곤한 몸을 뒤척이며 일어나는 사람이 많다. 몸이 천근이고 '오늘 하루도 어떻게 버텨내야 할까?' 라고 생각하며 일어난다면, 삶이 얼마나 재미없고 힘이 들까? 일어나서도 무엇 때문에 바쁜지도 모르고, 무엇을 위해 사는지도 모르고 바쁘게 하루를 살아간다면 어떤 것에서 의미를 찾을 것인가? 그런 현대인에게 말하고 싶다.

"그렇게 바쁘게 살지 않아도 된다."

라고 여유를 가지며 살아가라고. 여유란 찾으려 마음만 먹으면 얼마든지 찾을 수가 있다. 아침에 일어나는 것이 즐거움이며 기적이고 감사라 생각하며 일어나 하루를 시작한다면 얼마나 활기찬 삶이 될까?

난 새벽 4시에 눈을 뜬다. 저녁 10시 이전에 잠자리에 들고 새벽 4시에 일어나는 것이 오래된 습관이다. 눈을 뜨지만 나 역시도 일어나기 싫어 잠시 뒤척인다. 그러면서 생각하는 것이 '빨리 편의점 가서 캔 커피 하나 마셔야지.' 이다. 그러면 자리에서 벌떡 일어날 수 있다.

옷을 주섬주섬 챙겨입고 집을 나온다. 훅하고 가슴으로 치고 들어오는 새벽 공기는 항상 상쾌하다. 더우나 추우나 싱그럽다. 편의점으로 가서 캔 커피를 사서 마시며 핸드폰으로 뉴스를 검색하기도 하고, 오늘 해야 할 일을 생각하기도 하며 잠을 깬다.

편의점을 나와 자동차를 타고 '이야기 끓이는 주전자' 카페로 간다. 줄여서 우리는 이곳을 '이끓주'라 말한다. '이끓주'는 내가 상주하여 인문학 활동을 하는 카페이다. 그곳의 주인은 아니지만, 나의 활동 공간이다. 글쓰기 강좌도 열고, 책 쓰기 컨설팅도 한다. 또한 철학, 미학, 와인 아카데미, 동화 창작반 수업 등 다양한 커뮤니티 활동도 한다. 인문학 카페답게 그곳에서는 많은 독서 모임이 이루어지기도 한다. '이끓주'는 마을기업이기도 하며, 3년 전에 문을 열었다. 그런데 코로나 상황과 겹쳐 운영에 많은 어려움을 겪었다. 하지만 지금 코로나 상황이 진정되고, 울산에서 몇 안 되는 인문학 카페로 소문이 나서 요즘은 많이 활성화되었다.

'이끓주'에 도착하면 새벽 4시 30분이 된다. 이 시간은 나에겐 가장 보물과 같은 시간이다. 글쓰기는 고도의 집중이 필요하다. 그렇기에 누구에게도 방해받지 않는 이 시간에 글을 쓰면 낮보다 최소한 2배의 효과를 얻을 수 있다.

개인적으로 '미라클 모닝'을 한 지 10년이 넘었다. 처음 시작할 때는 새벽 4시에 일어나 자신이 하고 싶은 것을 하는 것이 '미라클 모닝'을 실천하는 것이라는 개념 자체가 나에게는 없었다. 2016년 2월에 한빛비즈 출판사에서 출간한 할 엘로드(김현수 역)의 저서 《미라클 모닝》이 베스트셀러가 되고 난 후, 새벽에 일어나 자신이 하고 싶은 일을 하는 '미라클 모닝'이라는 개념이 우리나라에 들어왔다고 생각한다. 그리고 유명 스타 강사 김미경의 '미라클 모닝 챌린지'가 바람을 일으키고부터 '미라클 모닝'이라는 말이 널리 퍼졌다. 많은 사람이 새벽 시간을 활용하는 '미라클 모닝'에 도전한다. 그리고 많은 사람이 실패를 경험한다. 그 이유는 뭘까? 그것은 의지의 문제이기도 하겠지만, 집이란 공간이 주는 안락함이 번번이 실패하게 만든다. 만약 누군가 '미라클 모닝'에 처음 도전하려고 피곤한 몸을 새벽에 깨워 책상으로 가서 책을 들고 눈을 비비며 읽는다고 가정할 때, 습관이 되지 않는 그 누군가는 잠에 대한 미련을 떨치기 힘들다. 루틴이 되기 전에 다시 이불 속으로 들어가고 말 확률이 높다.

그래서 '미라클 모닝'을 시작하려는 사람에게 단 한 가지 방법을 권하라고 한다면, '눈을 뜨자마자 일단 집 밖으로 나오라.'라는 것이다. 가벼운 운동을 하든지, 하다못해 편의점에 가서 커피를 한 잔 마시며 잠을 깨는 것이다. 잠과 눈 뜸의 경계를 만들라는 말이다.

언제부터인가 새벽에 모여 자기가 하고 싶은 일을 하는 모임인 '미라클 모닝'이 '이끓주' 카페에 생겼다. 처음엔 나혼자였지만, 이OO 교수님이 참여하였고, 다음으로 '이끓주' 박 대표가 참여하였으며, '이끓주'의 회원인 산부인과 의사주 원장과 환경미화원 이OO 작가와 카페 고객 최OO 약사가 참여하여 현재 회원은 6명이다.

이 글을 읽는 독자도 '미라클 모닝'을 시작해 보길 권한다. 아침에 늦게 일어나는 사람의 경우 대개 늦게 자는 경향이 있다. 일찍 자야 일찍 일어날 수 있는 것은 당연하다. 그런데 일찍 자는 습관을 처음부터 가지기는 어렵다. 하지만 며칠 동안만 연습하면 일찍 잠들 수 있다. 일찍 일어나면 이른 시간에 잠이 드는 것을 몸이 받아들인다.

새벽에 일어나면 생각 이상으로 할 것이 많다. 오롯이 자신만의 시간이기 때문에, 하고 싶은 것을 남에게 방해받지 않고 할 수 있다. 하루 중 자신만의 시간을 한 시간 이상 가지기가 얼마나 어려운지는 자영업을 하거나 회사에 다니는 사람은 알 것이다. 그렇기에 그와 같은 컨셉으로 《새벽형 인간》, 《나의 하루는 새벽 4시 30분에 시작된다》라는 책이 유행하기도 했다. 매일 한 시간이라도 자신에 집중하면, 그것이 쌓여 강력한 에너지가 되며, 그 에너지는 분명 변화된 자신을 만날 수 있게 해준다. 나에겐 새벽이 케렌시아의 시간이었고, 그것을 통해 인생 리모델링을 할 수 있었다.

케렌시아의 시간을 가지면 인생이 바뀐다. 다음의 글은 다른 사람이 아닌 '미라클 모닝'을 실천하면서 바뀐 필자의 사례이다.

'미라클 모닝'으로 일어난 기적

전업 작가로 활동하면서 책 쓰기 컨설팅(다른 사람이 책을 쓰는 것을 도와주는 역할)과 글쓰기 지도를 한다. 아침 노트북을 열면 내가 지도하는 수강생의 글이 메일로 와있다. 그 글을 첨삭하기도 하고 도움말을 적어 회신하여 주는 것으로 '미라클 모닝'을 시작한다. 책을 읽기도 하고, 쓰고 싶은 글을 쓰기도 한다. SNS 검색도 하며, 글도 올린다.

'미라클 모닝'을 실천하면 틀림없이 삶의 질이 바뀐다. 장담할 수 있다. 왜냐하면 하고 싶은 것이 있어도 시간이 없어 하지 못한 것을 할 수 있기 때문이다. 그리고 내가 바뀌었기 때문이다. 나의 경우 과거 알코올 중독에 빠졌다. 20살부터 50살까지 하루에 소주 2~3병을 마셨다. 낮술도 마셨으며,

한번 시작하면 2박 3일씩 술독에 빠져 살기도 했다. 그런 내가 술을 끊었다. 술 마시는 습관을 '미라클 모닝' 하는 습관으로 바꾸었기에 가능했다.

알코올 중독은 병이다. 그렇게 술을 마시면서도 알코올 중독에 빠졌다는 생각은 하지 못했다. 알코올 중독은 술을 마시고 폭력을 행사하는 정도로만 생각했기 때문이다. 그리고 나는 최소한 술을 마시면 폭력을 행사하지 않았고, 취하면 바로 잠이 들었기에, 신문에 나오는 알코올 중독과는 무관하다고 생각했다.

'미라클 모닝'을 시작하고 인생이 바뀌었다. 고등학교 1학년 때부터 작가가 되기로 결심했다. 글 쓰는 것이 좋았다. 국어국문학과에 진학하여 글을 썼다. 하지만 직장 생활을 하고 난 후로 글과는 거리가 먼 삶을 살았다. 영업직이라 술을 마시는 횟수가 많았고, 술을 좋아하던 성향과도 잘 맞았다. 대학 다닐 때부터 거의 매일 술을 마셨기에, 그런 생활이 직장 생활로 이어졌다. 글을 쓰고 싶었지만, 술 마시느라 글 쓸 시간을 낼 수가 없었다. 매일 술을 마시면서 글에 대한 갈증이 더 커졌다. '일과 나의 꿈인 글을 쓰는 생활을 병행할 수는 없을까?' 라는 생각을 늘 가슴에 품고 살았다.

그러다 직장 생활을 그만두고 글을 쓰며 돈도 벌 수 있다고 생각해 논술학원을 차렸다. 하지만 저녁마다 술을 마시니 학원도, 글도 되지 않았다. 생활고는 심해졌고, 절망에 빠졌다. 술을 마시는 양은 점점 더 늘어갔다. 이제는 내가 술을 마시는 것이 아니라 술이 나를 마셨다. 가족은 나를 안타까운 시선으로 바라보았다.

어느 날, 술에 취한 모습을 보여주기 싫어 차 안에서 잠을 잤다. 술이 덜 깬 상태에서 눈을 뜨니 아내가 옆에 앉아있었다. 화를 내며 다시 잠이 들었다. 다시 눈을 뜨니 큰아들이 옆에 앉아있었다. 부끄러웠다. 이렇게 살아가는 것은 내가 원하는 삶이 아니었다.

술이 덜 깬 상태, 즉 취한 상태로 세상을 살아가는 내 인생에 리모델링이 필요하다고 생각했다. 술을 끊으려고 숱하게 결심했다. 하지만 중독은 의지로만 극복할 수 있는 것이 아니었다. 그리고 술을 마시지 않으면 잠을 잘 수가 없었다.

병원을 찾았다. 의사 선생님은 전형적인 알코올 중독이라는 진단을 내렸다. 그때 의사 선생님이 한 말이 아직도 기억에 남아 있다.

"알코올 중독은 병입니다. 병은 치료하면 됩니다. 약도 있습니다. 하지만 약만으로는 되지 않습니다. 술을 끊겠다는 강한 의지가 동반되어야 합니다. 알코올 중독은 사회에서 욕을 많이 합니다. 하지만 암에 걸렸다고 사람들은 욕을 하지 않습니다. 알코올 중독도 병일 뿐입니다. 치료하면 고칠 수 있는 병입니다. 욕을 들어야 하는 병이 아니라 고칠 수 있는 병입니다."

그 말을 듣고 알코올 중독은 병일 뿐이며, 고칠 수 있다는 확신이 들었다. 의사 선생님에게 술을 마시지 않으면 잠이 오지 않는다고 이야기했기에, 수면제 성분도 약에 들어 있었을 것이다. 저녁을 먹고 술 대신 약을 먹었다. 그랬더니 저녁 8시가 되자 스르르 잠이 왔다. 일찍 잠자리에 드니 새벽에 눈이 떠졌다. 며칠 동안 일어나기 싫어 뒤척였다. 그래도 잠이 오지 않았다. '어차피 잠을 자지 못한다면 그동안

하지 못했던 글을 쓰자.' 라고 생각하며 자리에서 일어나 집 앞에 있는 편의점으로 가서 내가 좋아하는 캔 커피를 사서 마셨다. 그렇게 '미라클 모닝'을 시작했고, 그 생활이 10년 이 넘었다. 그리고 난 알코올 중독을 완전히 극복했다. 나에게 새로운 루틴이 생긴 것을 의미한다.

'미라클 모닝'을 시작하고 내 삶이 바뀌었다. 술 마시는 생활에서 글을 쓰는 생활로 바뀐 것이다. 10년 동안 10권의 책을 집필했다. 책을 출간하니, 어떻게 하면 글을 써서 책으로 출간할 수 있는가 하는 나름의 노하우가 생겼다. 어차피 하던 사업에 실패하여 새로운 직업이 필요했기에, 난 책 컨설팅을 하면서 다른 사람이 책을 쓰는 것을 도와주는 일을 시작했다. 나의 도움으로 나온 책이 30권이 넘는다. 그리고 관공서의 각종 프로젝트에 참여하여 글쓰기 강의와 책 출간을 했다. 한마디로 내 직업이 바뀌었고, 내 인생이 바뀌었다.

'미라클 모닝'은 말 그대로 내 인생에 기적을 일으켰다. 알코올 중독자에서 작가로 변신한 것이다. 그것은 단지 작가가 된 것만을 의미하지 않는다. 인생 전반이 부정에서 긍정적인 방향으로 리모델링된 것이다. 예전 술을 마실 때는 하루 중 반이 온전한 정신이 아니었다. 술을 마시면 숙취가 다음 날 오전까지 진행되기에, 육체적으로나 정신적으로나 정상적인 상태는 시간상으로 반이 되지 않았다. 매일 술을 마셨기에, 취기가 있는 상태에서 바라보는 세상이 온전해 보일 리 만무했다. 그래서 불평불만을 입에 달고 살았고, 세상을 부정적으로만 바라보고 산 인생이었다.

나에겐 가족이 있다. 가장이 정신을 차리지 못하니 아내나 자식 또한 평온할 수가 없었다. 모든 것이 술 때문이라 말하고 싶지는 않다. 술을 마시는 내 습관이 문제였다. 그 습관을 '미라클 모닝'이라는 습관으로 바꾸자, 취한 인생이 온전한 인생으로 바뀐 것이다. 나만 바뀐 것이 아니라 내 가족도 바뀌었다. 자동차 안에서 술 취한 내 옆에 앉아있던 아들도 취업하였고 결혼까지 했다. 아내의 말이다.

"난 당신과 재혼했어요."

어머니와 함께하는 케렌시아 시간

새벽 4시 30분에서 시작한 '미라클 모닝'이 해가 뜰 무렵이 되면 어머니에게로 간다. 이것도 나에겐 중요한 케렌시아이다. 어머니는 25년 전 아버지가 돌아가시고 몇 년 전까지 울산시 복산동 본가에서 우리 가족과 함께 살았다. 그런데 주택이던 집이 재개발되었다. 이사를 해야 했는데, 근처에서 어머니와 함께 살 집을 구할 수 없었다.

어머니의 연세는 올해 92세다. 어머니는 내가 초등학교 입학할 때인 52년 전 콩나물 장사를 했는데, 지금까지 계속 장사를 한다. 지금까지 현역이다. 이사할 때 어머니는 계속 장사를 하고 싶어 했기에, 근처에 전셋집을 하나 얻어 드렸다. 그리고 난 매일 아침 해 뜰 무렵 어머니 집으로 향한다. 콩나물 독은 무거워 연로하신 어머니가 직접 들기가 어렵다. 그래서 내가 가서 어머니와 콩나물을 자동차에 싣고 시장까지 운반해 주는 것이다. 아침에 어머니 집의 문을 열고 들어가면, 어머니는 아침 식사를 마치고 시장 갈 준비를 다 하고 나를 기다리고 있다.

"엄마, 나 왔어."

내 나이가 60이 다 되었지만, 아직도 나는 어머니를 엄마라고 부른다.

"그래, 영이 왔나? 오늘 날씨는 어떻나?"

"날씨는 그렇게 춥지는 않은데, 바람이 좀 분다. 엄마, 따뜻하게 입고 나오세요."

항상 대화는 날씨부터 시작한다. 그리고 우리 아이들 이야기, 형제 이야기 등의 살아가는 이야기를 나눈다. 근처에 작은형이 살아 가끔 때맞춰 어머니 집으로 온다. 작은형은 진짜 효자이다. 나보다 세 살 많은 형은 환갑이 넘도록 어머니 집 반경 500m를 벗어난 적이 없다. 근처에 살면서 항상 어머니를 챙긴다. 정년 퇴임한 형은 매일 한 번은 어머니 집에 온다. 말이 없는 형은 왔다가 한 번 쓱 어머니 얼굴을 보고 거실에 앉았다가 말없이 나간다. 그것이 작은형의 어머니에 대한 사랑 표현 방식이다. 그런 형을 보고 어머니는 항상

"아이고, 우리 열이는 저렇게 말이 없다."
하며 칭찬한다. 나도 말이 많은 편이 아니지만, 작은형에 비하면 난 말이 많은 사람에 속한다.

오늘은 어머니가 작은형 걱정을 했다.
"열이가 아파서 큰일이다. 내가 다 잘못했다."
작은형은 어릴 때부터 만성비염을 앓았다. 어릴 때 고쳐주지 못한 것을 어머니는 자책했다.

"와, 그게 엄마 잘못이고. 몇 번이나 수술했는데 의사도 못 고치는 걸 엄마가 어떻게 하노. 괜한 생각하지 마라."
어머니가 아직 장사하면서 돈을 버는 것이 나에게는 항상 복이라고 생각한다. 요양원에 누워계셔도 전혀 이상한 것이 없는 연세이다. 아직도 돈을 버신다는 것이 얼마나 감사한 일인가? 시장에 가면 장사하는 아주머니들이 어머니에게 한

마디씩 하기도 한다.

"할매, 이제 장사 그만해도 안 되나?"

그러면 어머니는

"집에 있으면 뭐 하겠노! 여기 오면 그래도 말할 사람이나
  있제."

라고 말한다.

물론 이제 장사하지 않고 집에서 편하게 쉬어도 누구 하나
말할 사람은 없다. 그리고 경제적인 어려움으로 하는 장사
도 아니다. 하지만 장사하며 돈도 벌고, 시장에 나와 사람들
과 어울려 대화도 나누고 하는 것이 어머니에게 육체적으로
나 정신적으로 더 좋다고 생각하여 말리지 않고 도와주는
것을 택했다. 몸을 움직이던 사람이 집에만 있으면, 오히려
병이 나지 않을까 걱정되기도 했다.

어머니의 콩나물 독을 시장까지 실어다 주는 일이 벌써 10
년이 다 되었다. '미라클 모닝'을 시작하고 내가 한 일 중 하
나이다. 예전부터 해온 일이라 어머니는 나이가 들어서도

이렇게 장사를 할 수 있다. 어머니를 보며 남자나 여자나 나이가 들어서도 할 수 있는 일이 있다는 것은 얼마나 다행한 일인가? 라는 생각을 하곤 한다. 예전보다 수명이 많이 늘어났다. 그래서 노년의 기간도 더 길어졌다. 일이 없어 텔레비전만 보거나, 요양원에 있는 것보다 나이가 들어서도 현역으로 돈을 버는 것이 훨씬 좋다고 생각한다. 그리고 일반적으로 사람들은 노후 대비의 개념을 거주와 돈에 국한하는 경향이 있다. 어머니를 보고 노후를 대비해 저축만 할 것이 아니라 나이가 들어서도 돈을 벌 방법을 젊었을 때 만들어 놓는 것이 훨씬 좋다는 생각이다. 그러면 나이가 들어서도 보람을 느끼며 즐겁게 살 수 있으리라.

콩나물을 시장까지 실어다 주면 어머니는 꼭 용돈 하라며 만 원을 준다. 작년까지만 해도 5천 원을 주었는데, 올해는 물가가 많이 인상되었다고 5천 원을 올려 주었다. 물론 그 돈을 감사히 받는다. 어머니는 내게 돈을 주는 것을 아주 재미있어 한다. 한 번씩

　"엄마, 돈 안 주셔도 돼요."

라고 말하면

"내가 돈 벌어 뭐하겠냐? 너 안 주면 내가 쓸 데가 어딨노?"
라고 말한다.

콩나물을 시장까지 실어 나른 후 어머니에게 받은 만 원을 들고 근처 단골 분식집에 간다. 그 분식집은 오랜 단골집이다. 내가 가면 항상 주인아주머니는 덤으로 무엇이든 더 주신다. 그곳에는 어묵과 떡볶이, 순대, 라면, 김밥 등 많은 종류의 분식이 있다. 그곳에서 '미라클 모닝' 회원이 먹을 일용할 간식을 산다. 보통 어묵을 사기도 하고 떡볶이를 사기도 하는데, 떡볶이를 살 때는 떡은 제외하고 어묵만 산다. 회원들이 떡을 잘 안 먹어서이다. 5천 원어치만 사도 6명이 먹고 남을 정도로 양이 많다. 그리고 아내가 좋아하는 김밥을 3천 원을 주고 산다. 아주머니는 김밥을 아주 굵게 싼다. 다른 손님이 먹는 김밥의 1.5배 분량의 재료가 들어간다. 아내는 그 김밥을 좋아한다.

"내 인생에 이렇게 맛있는 김밥은 처음이다."

라고 말하며 한 번에 다 먹지 못하고 두 번에 나누어 먹는다. 그 정도로 한 줄의 김밥 양이 많다.

일용할 간식을 사 들고 다시 '이끓주'로 온다. 회원들이 기다리고 있다가 내가 문을 열고 들어서면 중앙 테이블로 다 모인다. 그리고 10분 정도 간식 모임을 한다. 서로 살아가는 이야기를 나눈다. 현대인들 모두는 다 바쁘게 살아간다. 요즘 바쁘지 않은 사람을 구경하기 힘들 정도다. 그들도 마찬가지이다. 바쁘기에 자신이 하고 싶은 일을 할 시간 내기가 어렵다. 그래서 새벽에 자기가 하고 싶은 것을 하려고 '미라클 모닝'에 참여하는 것이다.

간식 모임을 끝내고 각자 하던 것을 하기 위해 다시 제자리로 간다. 그러면 나는 분식집에서 산 김밥을 들고 집으로 간다. 아내에게 주기 위해서다. 아내는 일어나 출근 준비를 하고 있다.

"서니, 일용할 양식 가지고 왔어."
"하니, 고마워."

아내를 서니라 부르고, 아내는 나를 하니라 부른다. 서로 수면 타임이 다르다 보니 하루 중 유일하게 얼굴을 마주하는 시간이다.

아내와 잠시 이야기를 나누고 다시 '이끓주'로 향한다. 이제는 자동차 대신 내가 '깃털'이라 부르는 오토바이를 타고 간다. 오토바이는 위험하기도 하지만, 조심해서 타면 그것보다 편한 것이 없다. 주차할 걱정도 없고 기름도 절약할 수 있기에, 매우 추운 겨울을 제외하고는 오토바이나 자전거를 타고 이동하는 것이 나의 일상이다.

'이끓주'에서 다시 글을 쓰는데, 시간이 되면 '미라클 모닝' 회원은 각자 일어나서 일터로 가거나 일하러 갈 준비를 하기 위해 집으로 간다.

나는 보통 오전 9시까지 '이끓주'에 머문다. 책을 읽기도 하고, 다른 사람 글을 첨삭하기도 하고, 내 글을 쓰기도 한다. 어찌 보면 내 삶 자체가 케렌시아이다. 자기가 좋아하는 일과 직업이 같다면 그것이 가장 좋은 것이 아닐까? 난 글을 쓰는 전업 작가이다. 내가 좋아하는 글을 쓰면서 그것으로 돈도 번다. 글을 쓰는 것이 즐거울 때도 있고, 힘이 들 때도 있다. 하지만 난 내 직업을 사랑한다. 글을 쓰는 시간만큼은 글에 몰입할 수 있다.

04

인생 리모델링을 시작하며

인생 리모델링을 시도하면서 나를 정확하게 바라보기 위해서는 객관적인 시각에서 보아야 리모델링할 것이 보인다고 생각했다. 객관적인 시각은 다른 말로 하면 삼인칭 시점이라 할 수 있다. 객관화하여 바라보니, 난 윤창영이라는 인간을 참 모질게 대했다는 느낌이 들었다. 사람에게는 누구나 자신을 합리화하고자 하는 본능이 있다. 객관화하지 않는다면 '내가 그렇게 한 것은 다 이유가 있어.'라고 생각하며 잘못된 것에 대해 핑계 대기에 급급해진다. '내로남불'이라는 말이 그래서 생긴 것이 아닐까? 인생 리모델링이라는 건 몸과 정신에서 잘못된 걸 발견하고 고치는 것이다.

현재의 나를 보다 나은 나로 만들기 위해서는 나를 재구성하는 작업이 필요하다. 전체를 바라보고 재구성해야 멋지게 변화할 수 있다. 숲속에서는 나무만을 볼 수 있다. 하지만 드론으로 하늘에서 본다면 숲 전체를 볼 수 있다. 그것이 삼인칭으로 나를 바라보는 것이다. 그러면 전체적인 관점에서 나의 부족한 부분이 훨씬 더 잘 보이리라.

내 삶을 드론으로 보면서 객관화하여 전체적인 나를 보고 보다 멋진 나를 만들기로 했다. 거울에 비친 내 모습만 보는 게 아니라 가족의 눈에 담긴 나, 나와 관계를 맺은 사람의 눈에 비친 내 모습을 보고자 했다. 그리고 내 뇌 속에 들어 있는 가치관이나, 이제껏 당연하다 믿은 것에 관해 물음을 던졌다. 그리고 그 물음에 답했다.

성공에 대한 개념은 사람마다 다르다. 통상적으로 성공이란 돈과 명예와 직위와 권력 등을 일컫는다. 그런데 본질을 보면 그것을 이루려고 하는 욕망은 행복과 연결되어 있다. 행복해지기 위해 돈을 벌고 권력을 차지하려 하는 것이다. 자신이 추구하는 것이 이루어지면 행복해질 것 같으니 성공하려고 하는 것이다. 그렇다면 돈을 많이 못 벌어도, 유명해지지 않더라도, 권력이 없더라도 행복하면 본질에서 성공한 것이 아닐까?

인생 리모델링을 하는 것은 행복해지기 위해서다. 과거와 다른 멋진 나의 모습을 만난다면 얼마나 행복할까? 그런데 인생 리모델링을 진행하면서 느낀 것은 그 과정 자체가 행복하다는 것이다. 작지만 나의 바뀐 모습을 만날 때마다 느끼는 행복감은 무엇에도 비할 바가 아니었다. 큰 것을 이루기 위한 것은 멀리 있다. 하지만 작은 것을 이루기 위한 것은 상대적으로 가까이 있다. 그렇기에 작은 것을 이루는 것은 큰 것을 이루기보다 쉽다.

행복은 크기가 아니라 빈도라는 말이 있다. 왜냐면 행복은 유효기간이 있기 때문이다. 집을 사거나 차를 살 때 느끼는 행복감은 크다. 하지만 몇 개월이 지나면 그것은 자신에게 당연한 것이 되어버려 느끼는 행복감은 처음보다 줄어든다. 만족감에는 휘발성이 있기 때문이다. 그렇기에 작은 행복이라도 자주 느낄 수 있는 것이 행복하게 사는 방법이다. 그런 의미에서 인생 리모델링은 나에게 행복을 주었다. 큰 행복도 중요하겠지만, 작은 행복을 이루는 삶의 여정이 나에게 는 더 값진 행복으로 다가왔다. 그렇기에 인생 리모델링하는 과정과 그 결과가 나에게는 행복을 의미했다.

B와 D 사이에는 C가 있다는 말은 유명하다. 탄생(birth)과 죽음(death) 사이에 선택(choice)이 있다는 말이다. 그것에 빗대어 난 P와 S 사이에는 Q와 R이 있다고 말하고 싶다. 현재 (present)와 성공(success) 사이에는 물음(question)과 답변 (respond)이 있다는 말이다. 현재에서 성공하기 위해서는 끊임없이 물어야 하고 스스로 답해야 한다. 현재 내가 가는 길, 하는 행동이 성공으로 가는 길인지, yes면 가고 no면 멈추어야 한다. 성공의 의미는 사람마다 다 다르다고 했다. 나는 행복이 성공이다. 그렇다면 행복을 위해 인생 리모델링을 하는 것은 yes다.

돌아보니 내 몸에 대해 난 악덕 고용주라는 생각이 들었다. 내 몸을 위해 보약 한 첩 달여주지 않았고, 중노동을 시켰으며 술을 내리퍼부었고, 하루도 쉬지 않고 40년 동안 담배 연기 속에서 숨 막히게 살게 했다. 아마도 고용주가 고용인을 그렇게 대했더라면 악덕 고용주로 고발당하지 않았을까? 내 몸에 대해 생각해 보니 참 미안하다는 마음이 들었다.

이제부터라도 내 몸에 대해 그동안 해주지 못한 것을 해주고 싶었다. 공기 맑은 곳으로 데려가 산책도 시키고, 바닷가로 데려가 눈도 시원하게 해주고, 원하는 비도 좀 맞게 해주고, 운동도 하여 뱃살도 빼주고, 얼굴 단장을 하여 보기 좋게 만들어 주고, 맛있는 것도 사주고, 빠진 머리도 멋지게 단장해 주고, 좋은 옷도 입혀 세련되게 만들어 주고, 빠진 이도 임플란트해 주고, 좋은 영화도 보게 해주고, 걷기도 하여 세로토닌이 나오게 해주고, 또 또 또 해주고 싶었다.

이 글을 쓰며 인생 리모델링 프로젝트 하기를 잘했다는 생각이 든다. 하나씩 이루어 갈 때마다 성취감이 들고 재미가 있었다. 하지 않아도 세월은 가기 마련이다. 하지만 하나씩 내 몸을 위해, 내 정신을 위해 개선해 나갈 때 훨씬 좋은 나와 만날 수 있었다. 그 훨씬 좋은 나는 훨씬 좋은 인생을 살 수 있으리라. 과거 나라는 악덕 고용주에서 벗어나, 고용인을 생각하는 착한 고용주가 되자고 다짐했다. 남은 인생의 멋진 날들을 위해서.

05

인생 리모델링 ①
보금자리 리모델링

2014년 4월, 얼떨결에 시작한 리모델링 사업이 빚만 지고 살던 집마저 팔아야 하는 상황에서 사업을 접게 되었다. 내 인생 중에서 가장 힘든 시절이었다. 당시 어머니는 본가에서 혼자 살고 계셨다. 그래서 울산 복산동 어머니 집으로 내 가족을 이끌고 들어갔다. 사업에 망해 살던 집까지 팔고 들어가는 심정은 나도 그렇고 가족 모두가 막막했다. 그리고 세월이 흘렀다.

2021년 1월, 복산동 집을 떠나 울산 남구 신정동으로 이사했다. 들어갈 땐 막막했던 마음이 나올 때는 가벼워졌다. 노모와 함께 산 7년. 아기 때는 엄마의 젖을 먹고 살았지만, 나이가 들어서는 어머니의 사랑을 먹고 산 것 같았다. 실패하고 좌절하여 찾아간 어머니. 그 어머니에게서 난 다시 세상을 살아갈 힘을 얻었다.

어머니와 텃밭을 함께 가꾸고, 새벽마다 어머니 콩나물 독을 시장까지 실어 나르며 돌아가신 아버지 이야기, 어머니의 지나온 삶, 자식 키우는 이야기를 했다. 그러면서 난 영혼의 젖을 먹은 것 같다. 어머니와 함께한 복산동 주택 생활은 죽을 때까지 내 영혼의 자양분이 될 것이란 생각이 든다. 살던 주택이 재개발되면서 할 수 없이 이사해야 했다. 재개발이 지연되면서 동네는 슬럼화되기 시작했다. 한집 두집 이사를 하면서 빈집이 많아졌고, 일을 하는 아내는 밤에 집에 들어오는 길이 무섭다고 했다. 어차피 해야 할 이사라면 빨리 이사를 해야겠다고 생각했다. 그리고 2021년 새해는 이사한 곳에서 맞이하고 싶었다. 새롭게 출발이라는 상징적인 의미가 컸다.

재개발되어 보상금을 받았지만, 살던 동네 주변에는 집값이 너무 올라 집을 구할 수가 없었다. 또한 시장에서 장사를 하는 어머니는 멀리 이사할 수도 없는 상황이 되었다. 할 수 없이 시장 주변에 어머니가 살 집을 구해 드리고, 우리는 어머니 집과 가까운 곳으로 이사했다.

이사를 하면서 가전제품을 리모델링했다. 결혼한 지 30년이 넘었다. 그동안 쓰던 가전제품이랑 가구는 세월만큼이나 낡았다. 그래서 모두 바꾸기로 했다. 아내가 원하는 것을 모두 해주었다. 그리고 낡은 것은 모두 버렸다. 집만 바꾼 게 아니라 집 속의 내용물도 모두 바꾼 셈이다. 나의 처지에서 본다면, 아내만 빼고 거의 모든 것을 바꾸었다. 리모델링 관점에서 본다면, 보금자리 리모델링이라 할 수 있다.

이사한 집에서의 아쉬운 점은 텃밭을 가꿀 수 없게 된 것이다. 이사 오기 전, 눈만 뜨면 텃밭의 채소를 볼 수 있었는데, 이제는 눈만 뜨면 도로를 달리는 차와 건물이 보였다. 하지만 아내와 나는 금방 적응했다. 주변에 국가 정원인 태화강 십리대숲이 있기 때문이다. 집에서 10분 정도 걸어가면 되는 거리이기에 매일 아침 산책을 할 수 있어 좋았다.

낡은 주택에 살 때 아내는 감기를 달고 살았다. 보온이 제대로 되지 않았기에, 체질이 약한 아내가 수시로 감기에 걸린 것이다. 아파트로 이사를 오니 보온이 잘되어 반복되던 감기 앓이에서 벗어날 수 있었다. 또한 아내의 허리가 좋지 않았는데, 그런 아내를 위해 안마 침대를 선물해 주었다. 나를 만나 몸 고생, 마음 고생이 심했던 아내를 위해 내가 할 수 있는 것은 다 해주자고 생각했다.

이사를 하면서 보금자리가 바뀌게 되어 무척 좋았다. 그러면서 든 생각이 삶의 터전만 바꿀 것이 아니라 내 인생도 리모델링해 보자는 생각을 하기에 이르렀다. 그래서 인생 리모델링을 하기 시작했다. 처음 시작할 때 인생 리모델링할 것이 얼마나 될까 생각했지만, 하면 할수록 할 것이 많았다. 몇 년 동안 글을 쓰면서 정신은 많이 리모델링했다. 이제는 정신뿐만이 아니라 몸을 비롯한 삶 전반을 되돌아보며 고칠 것은 고치기로 마음먹었다. 앞으로의 인생을 좀 더 알차고 행복하게, 스스로 만족하는 삶을 살아보겠다는 의미에서 인생 리모델링을 시작했다.

06

인생 리모델링 ②
얼굴 점 빼기

먼저 몸 리모델링부터 시작했다. 중년이 되었기에 내 몸은 많이 낡았다. 이는 문제가 생겨 통증이 있고, 배는 툭 튀어나왔으며, 운동하지 않아 체력도 많이 떨어졌고, 얼굴에는 세월 나이테인 주름도 많이 생겼다.

얼굴에는 점이 200개도 넘어 나이가 많이 들어 보였다. 오토바이를 타고 다니다 보니 자외선으로 인해 얼굴에 점이 많이 생긴 것이다. 나도 내 얼굴에 점이 그렇게 많은 줄 몰랐다. 아내는 나에게 선크림을 바르고 다니라고 숱하게 이야기했지만, 그 말을 흘려들었다. 생각해보면 난 참 아내의 말을 듣지 않은 남편이었다. 인생 리모델링하는 김에 아내의 말을 듣는 자세 리모델링부터 해야 할 것 같았다.

"세상의 남편들이여, 아내의 말을 귀담아 들읍시다. 그러면 인생이 바뀝니다."

어느 날 아내가 옆얼굴의 사진을 찍어 나에게 보여주었다. 충격이었다. 내 얼굴에 점이 이렇게 많다니. 매일 거울을 보면서도 앞만 보고 옆얼굴은 보지 못한 것이다. 인생 리모델링의 한 미션으로 얼굴에 수북하게 찍힌 점을 빼기로 했다. 아내와 함께 병원으로 갔다. 점을 빼려는 사람으로 병원은 꽉 차 있었다. 얼굴에 마취액을 바르고 불편한 의자에 앉아 꾸벅꾸벅 졸며 두 시간 가까이 기다렸다. 기다리다가 지쳐 '이 짓을 꼭 해야 하나?' 라는 생각이 들어 화가 나기도 했다. 하지만 '이왕 온 것 점을 빼자.' 하며 참고 기다렸다.

드디어 내 차례가 왔다. 병원 간이침대에 누워 아프지 않을까, 걱정하며 눈을 감고 기다렸다. 점 빼기가 시작되었다. 얼굴이 따끔거렸고, 피부 타는 냄새가 미세하게 나기도 했다. 마취가 덜 된 부위는 아프기도 했다. 그때는 입술을 꽉 깨물고 참았다. 1시간 정도 점 빼기가 계속되었는데, 그럭저럭 참을 만했다. 비용은 10만 원가량 들었다.

점 빼기가 끝이 나고 간호사가 주의할 점을 일러주었다.

1. 가능하면 햇빛에 노출되지 않도록 할 것.

2. 세수는 내일부터 할 것.

3. 목욕은 4일째 되는 날부터 할 것.

4. 딱지는 저절로 떨어지게 할 것.

5. 선크림을 바를 것.

6. 병원에서 처방하는 약을 아침, 저녁으로 먹고 바를 것.

7. 술은 마시지 말 것.

3~4일 정도가 지나자 점을 뺀 자리에 까만 딱지가 붙기 시작했다. 그리고 6일 차에는 거의 딱지가 떨어졌고, 일주일이 되니 점은 사라졌다.

점을 빼고 나니 몇 년은 젊어진 것 같았다. '진작에 할 것을!' 하는 생각도 들었지만, 지금이라도 한 것이 다행스러웠고, 억지로 데려간 아내가 고맙게 느껴졌다.

인생 리모델링을 시작하며 앞으로 변화해 갈 내 모습, 내 삶이 기대되었다. 리모델링하지 않고 오래된 집에서 습관처럼 살아도 된다. 하지만 어차피 살 집이라면, 기왕이면 수리해서 깨끗한 집에 살면 더 좋지 않을까? 인생도 그렇다. 지금까지 살아온 것처럼 그렇게 살아가도 된다. 하지만 지금껏 쌓아온 깨달음과 경험을 바탕으로 인생을 다시 디자인한다면 삶은 훨씬 의미 있게 되지 않을까? 삼성 이건희 회장의 말이 생각난다.

"아내 빼고는 다 바꿔."

인생 리모델링 ③
달리기와 걷기 그리고 자전거 타기

잘못된 쪽으로 길을 간다고 하면 방향을 수정해야 한다. 이제 중년을 지나는 시점에서 건강한 몸과 정신을 가지기 위해서는 지금 가지고 있는 부정적인 상황을 개선해야 한다. 어쩌면 인생에서 주어진 마지막 기회인지도 모른다. 노년도 엄연한 삶의 일부다. 그 삶을 건강하게 살아가자면 스스로 그런 환경을 만들어야 한다. 지금 하지 않으면 할 기회가 없다는 위기감이 찾아왔다. 그래서 하나씩 바로 잡아가기로 마음먹었다.

몸과 정신을 리모델링하는 데는 세 가지가 필요하다. 첫째 수리하겠다는 결심, 둘째 수리를 시작하기, 셋째 꾸준하게 하기 등이다. 평생 나와 함께한 것을 고치거나 바꾸는데 이

정도라도 해서 바꿀 수 있다면 그것은 다행이다. 시기를 놓쳐 바꿀 수 없는 것도 많기 때문이다.

나이가 어느 정도 들면 예전에 가졌던 좋은 습관을 비롯해 사람, 환경 등 잃어버리거나, 지금은 가지고 있지 못한 것에 대해 아쉬움을 느끼게 된다. 또한 자연스러운 것이지만, 몸이 예전 같지 않다. 철로 된 자동차나 가전제품 등도 소모품을 교환해 주거나 수명이 다하면 버려지는데, 철보다 약한 사람의 몸은 더 말할 필요도 없다.

사람의 수명이라는 것은 사고 등을 제외하고는 어떻게 관리하느냐에 영향을 받을 수밖에 없다. 나이가 들면 아프지 않고 살다 죽는 것을 바라게 된다. 그렇다면 그렇게 모두가 염원하는 늙었을 때, 아프지 않고 살다가 죽기 위해서는 젊었을 때부터 몸과 마음의 관리를 해야 함은 당연하다.

- 달리기

예전엔 가졌지만, 지금은 잃어버린 것을 생각해 보았다. 그것은 달리기와 걷기와 자전거 타기이다. 30대 후반, 당시 독일 외무부 장관이었던 요쉬카 피셔의 ?나는 달린다?라는 책을 읽고 달리기를 시작했다. 요쉬카 피셔는 후에 독일 총리까지 지냈다. 달리기하기 전 그의 몸무게는 130kg이 넘었다. 그는 달리기하기로 결심하고 독일 라인강변을 달렸다. 하루에 조금씩 달리는 거리를 늘려가는 방법을 택했다. 꾸준히 달리기한 결과, 그의 몸무게는 77kg까지 빠졌고, 마라톤 완주에 성공했다. 그 책을 읽으면서 나도 달리기를 해야겠다는 생각이 들었다. 그 책의 마지막 말은 "먼저 한 걸음을 내딛어라."였다. 책 속에는 좋은 삶을 살아가는 많은 지혜가 담겼다. 그것을 실행하느냐 마느냐는 본인의 선택이다.

당시 난 건강을 돌보지 않았고, 술에 절어 살았기에 몸무게가 많이 늘어나 있었고, 체력도 좋지 않았다. 달리기하기로 하고 집 부근에 있는 초등학교로 갔다. 처음에는 한 바퀴도 제대로 돌지 못했다. 뛰다 걷다 하면서 10바퀴를 돌았다. 당시만 해도 나에게는 10바퀴를 도는 것도 인내를 필요로 하는 대단한 일이었다.

그다음 날은 요쉬카 피셔가 했던 것처럼 달리는 거리를 조금 늘려 11바퀴를 뛰다 걷다 했다. 그리고 하루에 한 바퀴씩 늘려갔다. 그렇게 한 것이 130바퀴까지 늘어났다. 달리기에 재미를 붙인 나는 달리기를 시작한 지 한 달이 채 되지 않았을 때, 현대중공업에서 주최한 '산악마라톤' 대회에 도전했다. 11.08km를 뛰는 것이었는데, 뛰다 걷기를 반복해, 한 시간 반 정도 시간이 걸려 완주했다. 한 달 만에 이룬 엄청난 변화였다. 시도는 변화를 만들어 냈다. 그다음에 중요한 것이 꾸준함이다. 1년 뒤 다시 '산악마라톤'에 도전했을 때는 55분이 걸렸다.

시간만 나면 달리기를 했다. 달릴 때는 다른 것과는 비할 수 없을 정도로 힐링이 되었다. 경주 벚꽃 마라톤대회, 동아마라톤대회, 울산에서의 마라톤대회에서 하프 코스인 21.0975km를 완주했다. 하프 코스만 10회 이상 뛰었다. 풀코스에는 도전한 적이 없었는데, 당시 울산에서 경주까지, 복산동 집에서 동해 바다의 정자, 주전을 거쳐 돌아오는 코스를 뛰었기에, 풀코스에 도전해도 완주하지 않았을까, 하는 생각을 한다.

하지만 과유불급이라고, 마라톤에 대한 지식도 없이 무리한 탓에 어느 순간부터 무릎에 통증이 시작되었고, 급기야 달리기를 중단했다. 그리고 세월이 흘러 50대 후반이 되었다. 달리기에 대한 향수는 항상 생각 밑바닥에 깔려있었고, 언젠가 기회가 된다면 다시 하겠다는 나만의 다짐을 하곤 했다.

인생 리모델링의 한 가지로 내 몸을 다시 건강하게 만들어야겠다고 생각했고, 달리기가 그에 가장 합당한 운동이라는 것을 경험으로 알고 있었기에, 이제는 무리하지 않기로 하고 쉬며 뛰며 힐링하는 차원으로 달리기를 다시 시작했다.

새벽에 일어나 '미라클 모닝'을 끝내고 바로 달리기를 하러 갔다. 코스는 아치형 십리대밭교를 지나 은하수 다리에서 돌아오는 7~8km 정도의 거리이다. 물론 뛰다 걷다 하며 힐링하는 시간이다. 얼마나 꾸준히 하느냐가 관건이다. 힐링 달리기를 하면서 건강해진 내 몸을 상상한다.

– 걷기

달리기와 함께 걷기를 시작했다. 아침 강변을 하루는 걷고 하루는 달리는 식이다. 운동은 기록으로 많은 동기부여를 받는다. 비 오는 날과 특별한 일이 없는 한 걷는다는 약속을 지키는 중이다. 달릴 때는 음악을 듣고, 걸을 때는 시 낭송 테이프를 듣거나 자기 계발 유튜브를 듣는다.

이시형 박사는 걸을 때 긍정 호르몬인 세로토닌 분비가 많이 된다고 한다. 실제 걷다 보면 많은 창의적인 아이디어가 퐁퐁 솟아난다. 영감도 많이 떠올라 시도 짓는다. 몸 건강도 챙기고 생각 정리도 되는 일거양득의 효과를 얻고 있다.

요즈음은 담배를 피울 때도 걷는다. 어차피 피우는 담배라면 500보 걸은 후에 담배 피우기를 실천하고 있다. '이야기 끓이는 주전자' 카페 앞에는 담배를 피우는 장소가 있다. 그곳은 담배를 피우는 데 안성맞춤인 곳이다. 자주 걷는 코스로 한 바퀴 돌면 800보 정도가 나온다. 담배를 피우고 싶을 때마다 동네 한 바퀴를 돌고 와서 피우곤 한다. 몸에 해로운 담배도 활용하기에 따라 건강에 도움(? 어차피 피울 거면, 안 걷고 피우는 것보다는 걷고 난 뒤 피우는)이 될 수도 있다. 같은 환경이라면 설령 그것이 부정적인 상황이더라도 활용하기에 따라 긍정적인 것으로 바꿀 수도 있음을 느꼈다. 전화위복 내지는 발상 전환의 힘이라고나 할까. 금연에도 도전해 볼 계획이다.

– 자전거 타기

또 한 가지 시도한 것이 자전거 타기이다. 40대 초반에 극기 훈련으로 '울산에서 강원도까지' 라는 슬로건을 내걸고 혼자 3박 4일 자전거를 탄 적이 있다. 울산에서 포항을 지나고 삼척을 지나 동해시까지 달렸다. 10년 후 다시 '땅끝에서 하늘을 보자.' 라는 슬로건을 내걸고 동해와 남해의 끝인 울산에서 전남 땅끝마을까지 자전거 여행을 했다.

그리고 자전거 타기를 멈췄다. 아마 자전거에 문제가 생겼거나, 일이 바빴거나, 개인적인 이유가 있었으리라. 인생 리모델링을 시작하면서 매일은 아니지만, 일주일에 한 번 장거리 코스를 달린다. 최근엔 자전거를 차에 싣고 삼랑진에 도착하여 낙동강변을 달려 함안보까지 왕복 70km를 달린적도 있다. 그리고 수시로 시간 날 때마다 바닷가로 자전거를 타고 간다. 바다를 보며 자전거를 타고 달리는 기분은 말할 수 없는 상쾌함을 준다. 시를 쓰는 나에게는 영감의 바다이기도 하다.

인생 리모델링을 하면서 예전에 내가 했다가 지금은 하지 않은 것을 찾아서 다시 하곤 하니, 잃어버린 보물을 찾은 느낌이 들었다. 나이는 숫자에 불과하다. 몸은 물질적이기에 나이가 들 수도 있지만, 정신은 물질적인 것이 아니기에 나이가 들지 않는다. 단지 나이가 든다는 생각만 할 뿐이다. 생각은 하기 나름이다. 인생 리모델링을 하면서 예전에 내가 가졌던 보물이지만, 잃어버린 것들을 현실에 다시 소환하고 있다. 하루를 리모델링한다. 그것이 한 달이 되고, 1년이 되고, 내 남은 인생이 되리라.

인생 리모델링 ④
임플란트

이가 많이 아팠다. 살아오면서 그런 고통은 얼마 되지 않을 정도였다. 치과에 가니 발치하고 임플란트하기를 권했다. 하지만 비싼 임플란트 비용과 치과라는 마음의 부담감에 망설였다. 치통은 계속되었고, 유튜버를 통해 통증을 없애는 방법을 시청한 뒤 따라 하며 버텼다. 마늘을 물고 있으면 좋다고 하여 시도해 보았지만, 소용없었다. 소금이 좋다고 하여 소금을 입에 넣어보았지만, 그것도 소용없었다. 진통제도 얼마 가지 않았다. 1년 내내 통증과 싸움을 했다.

그런데 얼마 전 음식을 먹고 난 후 입의 위쪽이 허전함을 느꼈다. 혀를 가지고 더듬어 보니 이 하나가 없어졌다. 음식을 먹다 이가 빠졌고, 그것을 모르고 그냥 삼켜버린 것이다. 참 황당해서 혼자 웃었다.

웃고만 있을 문제가 아니었다. 무언가 대책이 필요했다. 치과에 가려니 다시 망설여졌다. 한동안 망설이다 인생 리모델링하는 차원에서 용기를 냈다. 치과에서는 C/T를 찍고 X-ray 촬영을 하고 난 후 의사가 내 상태를 진단했다. 빠진 이 옆의 이가 잇몸이 없어 더 문제라고 했다. 풍치가 진행되어 임플란트를 심으려면 뼈 이식을 해야 한다는 것이다. 양쪽 이가 다 문제라 했고, 임플란트 4개를 심어야 한다는 것이다. 그리고 치료 기간은 최소한 6개월에서 12개월이 걸린다는 부담스러운 이야기도 했다.

불편하기는 해도 그냥 살까? 하는 생각이 들었고, 어차피 해야 할 거면 빨리 시작하자는 두 생각이 서로 충돌하며 계속 갈등했다. 비용도 만만치 않았다. 울산에서 제일 싸다고는 했지만, 이 320만 원(80만 원 X 4), 뼈 이식 비용 200만 원(100만 원 X 2), 총 520만 원이라는 비용이 든다고 했다. 거의 1년의 세월과 500만 원이 넘는 돈이 든다는 것에 갈등하지 않을 수 없었다. 더구나 치과 치료는 통증을 동반하기에 더욱 망설여졌다.

일단 다른 치과 한 곳을 더 찾아가서 진단을 받아보기로 했다. 그리고 어차피 '인생 리모델링' 하기로 결심했으니, 이것도 실행하자고 마음을 다잡았다. 50대 후반이 되니 평소 생각지도 않은 많은 문제가 생겼다. 방치하면 상황은 더욱 악화가 되리라. 이 문제뿐만 아니라 현실에 드러나지는 않고 잠복해 있는, 내가 알지 못하는 또 다른 문제도 있으리라. 그런 문제도 잘 극복할 수 있는 마인드 컨트롤이 어느 때보다 필요한 시기라는 생각이 들었다.

두 군데 치과를 알아보고 견적을 받았다. 첫 번째로 찾아간 A 치과와 두 번째로 찾아간 B 치과 모두 내 이에 대한 진단은 같았다. 두 군데 다 자신들이 전국에서 제일 싸고 기술도 좋다고 했다. 그런데 두 번째로 찾아간 B 치과가 가격이 더 저렴했고, 믿음이 갔다.

A 치과는 발치하고, 뼈 이식하고, 임플란트하는데, 12개월이 소요된다고 했다. 비용도 앞에 언급한 520만 원이다.

B 치과는 하루 만에 발치하고 뼈 이식까지 한다고 했다. 그

리고 2주 후에 실밥을 뽑고 6주간 경과를 지켜본다고 했다. 비용은 임플란트 2개 심는데 154만 원, 뼈 이식 비용 40만 원, 합쳐서 195만 원 정도가 든다고 했다. 양쪽에 해야 하니, 400만 원 정도의 견적이 나왔다. 그리고 시술 기간도 6개월에서 9개월 정도라고 했다. 가격도 가격이었지만, 무엇보다 간호사가 믿음을 주었다.

치과에 가는 것은 누구나 부담스럽게 여긴다. 돈도 돈 이려니와 통증이 동반되기에 문턱을 넘기가 쉽지 않다. 특히 나의 경우 아픈 것을 잘 참지 못하고, 엄두 내는 것을 어려워하는 엄두 결핍증이 있기에 더 그러했다. 하지만 이것은 피할 수 있는 것이 아니었다. 피할 수 없으면 즐기라는 말이 생각났고, 어차피 할 거면 지금 하자는 생각이 들어 용기를 내었다. 할 때까지 통증에 시달리는 것보다 하루라도 일찍 하는 것이 현명하다는 생각도 들었다. 그리고 무엇보다 실행하고 있는 '인생 리모델링' 미션에 들어있는 항목이기에 꼭 해야만 했다.

하루 전 예약을 하고 불안한 생각에 시달렸다. 이제껏 해보지 않은 일이기에. 또한 잇몸에 심는 임플란트 나사산이 생각났다. 몸에 나사를 돌려 끼우는데 아프지 않을까 하는 생각에 더 불안했다.

수술 시간보다 한 시간이나 일찍 병원을 향해 걸어가며 마음을 다잡았다. 드디어 시술 시간, 마취할 때 잠시 따끔했다. 그리고 30분 남짓 지나자 끝이 났다는 의사의 말이 내 귀의 달팽이관을 울렸다. 걱정한 것에 비해 너무 싱겁게 끝이 났다. 통증은 거의 없었다. 시술 중에 윙윙하는 소리가 들려 불안했지만, 그것뿐이었다.

처음에 오른쪽 이 두 개의 나사산(픽스처)을 잇몸에 심고 틀니를 해주었다. 그리고 3개월 후 왼쪽 이를 빼고 나사산(픽스처)을 심고 틀니를 했다. 또 3개월이 흐른 후 오른쪽 나사산에 이(보철물)를 심었고, 또 3개월이 흐른 후 왼쪽 나사산에 임플란트 이(보철물)를 심었다. 총 9개월이 걸려 양쪽에 임플란트 이 네 개를 심었다. 이를 뽑고 다시 임플란트를 심는 과정에서 이가 얼마나 소중한 것인가를 절실히 느꼈다. 먹고 싶은 것도 마음대로 먹을 수가 없었고 너무 불편했다. 이를 심고 나니 너무 행복했다. 그동안 치과에 가지 않고 통증과 싸운 내가 미련하게 느껴졌다. '어차피 할 거였으면 빨리 할걸!' 하는 후회가 밀려왔다. 또한 잃어봐야 소중한 줄 안다는 것은 참으로 어리석은 일이라는 걸 깨달았다. 이제 새 이를 얻었으니 잘 관리해야겠다.

이로써 또 하나의 인생 리모델링 미션을 완수했다.

09

인생 리모델링 ⑤
얼굴 리모델링

큰아들 결혼식 상견례를 앞두고 얼굴 밝게 하기 시술인 레이저 토닝을 했다. 인생 리모델링 중 얼굴 부분을 리모델링한 것이다. 그동안 내 얼굴은 담배와 술에 찌들어 검붉은색이었다. 얼굴은 내 몸을 대표하는 부분이다. 얼굴 리모델링을 하지 않고 리모델링을 했다고 말할 수 없다는 생각이 들었다. 그런 와중에 아내가 피부과에서 레이저 토닝을 하고 왔다. 얼굴이 맑아진 것을 실감할 수 있었다. 전에 점을 빼서 그 효과를 톡톡히 인식한 터라 나도 따라 해 보기로 했다.

토닝은 레이저로 피부 속에 있는 잡티를 깨어 없애는 것이란 설명을 들었다. 하지만 그 효과는 2주밖에 가지 않고 후에는 다시 토닝을 해야 한다고 했다. 잠시 망설였지만, 아들의 결혼 상견례를 앞두고 있어 2주 만이라도 깨끗한 얼굴을 해보고 싶었다. 또한 신부 가족에게도 좋은 인상을 보여주고 싶었다.

피부과에 가서 얼굴 맑게 하는 시술인 토닝을 5만 원 주고 했다. 얼굴은 자신감을 나타낸다. 멋진 얼굴은 자신을 당당하게 만들어 주었다. 깨끗해진 얼굴이 무척 마음에 들었다.

또 하나의 얼굴 리모델링을 했다. 어린 시절 하나의 결정을 내려야 할 때가 있었다. 눈이 작은 것이 하나의 콤플렉스였는데, 눈을 의도적으로 크게 뜨면 이마에 주름살이 생겼다. 눈을 크게 뜨고 이마에 주름살이 깊이 패는 것을 선택할 것이냐? 아니면 주름살 대신 눈이 작은 것을 받아들일 것이냐? 였다. 외모에 관심이 많던 시기, 난 큰 눈을 선택했다. 눈을 크게 뜨면 무엇을 볼 때, 자세하게 잘 볼 수 있을 뿐만 아니라 집중해서 볼 수 있고, 작은 눈 콤플렉스도 벗어나게 해줄 것이라 기대했다. 그리고 이마에 패인 주름살은 머리카락으로 덮을 수 있다고 생각했다. 그래서 주름살이 생기더라도 눈을 크게 뜨기로 했다.

그러다 보니 이마에 주름살이 계급장처럼 깊이 파였다. 젊었을 때는 머리카락이 길었기 때문에 별문제가 되지 않았다. 그런데 나이가 들고 머리가 빠지니 이마에 깊이 파인 주름살은 커버하기가 어려워졌다. 나이가 드니 이마뿐만이 아닌, 눈 주위를 비롯해 얼굴 곳곳에 주름살이 생겼다. 주름살은 나이가 들어 보이는 역할을 톡톡히 했다.

 그러던 중 10번째 책이 나왔다. 책을 들고 의사인 후배 작가를 찾아갔다. 책을 주고 나니 후배가

 "형님, 잠깐만 앉아 기다려보세요."
그러더니 전화로 실장을 불렀다.
 "실장님, 보톡스 준비하고 좀 들어오세요."

얼떨결에 보톡스 시술을 하게 되었다. 전에 그 후배에게 얼굴 주름살에 관한 고민을 이야기한 적이 있었는데, 후배가 그것을 기억하고 있었던 것이다. 보톡스 덕분에 이마에 주름살이 사라졌다. 물론 그 효과는 얼마 가지 않을 것이란 걸

알고 있다. 그러면 어때, 그때 다시 하면 되지.

　"주 원장, 고마워."

50살이 넘어가면 누구나 거울 속에 비친 자신의 모습을 보고 한숨을 쉰 적이 있으리라. 그리고 세월을 잡을 수 없음을 안타까워하리라. 그러면서 밑으로 처진 얼굴과 주름 등을 보고 '나이가 드니 당연하다. 어쩔 수 없는 것 아니야, 어쩔 수 없다면 받아들여야지!' 라고 생각한다. 여자보다는 남자가 그런 생각이 강하다. 여자는 화장하면서 얼굴을 관리하지만, 남자는 그렇지 않은 경우가 많다. "남자들이여, 현대 과학을 무시하지 말자."

인생 리모델링을 진행하면서 자신을 가꾸지 않은 습관은 변명에 불과하다는 것을 깨닫게 되었다. 젊음은 가꾸지 않아도 그 자체로써 빛이 난다. 그런데도 좀 더 멋진 모습을 연출하기 위해 최선을 다한다. 정작 더 멋진 모습을 연출하기 위해 노력해야 할 때는 젊었을 때가 아니라 나이가 들었을 때이다. 자신을 가꾸는 것을 포기하기보다는 좀 더 멋진 모습이 되기 위해 노력할 때라는 것이다. '지금, 이 나이에 가꾸어서 뭘 해!' 라 생각하고 생긴 대로, 나이가 든 대로, 그냥 살아지는 대로, 습관대로 살아가기보다는 그 누구를 위해서가 아닌, 자신을 위해서 가꾸어야 한다.

사람에게는 그 나이에 맞는 멋진 모습이 있다. 청춘은 젊음 그 하나로 빛이 난다. 그처럼 중년의 나이도 그 나이에 맞는 멋진 모습이 있다. 거울을 보면서 한숨만 쉴 것이 아니라 멋지게 가꾼다면 중년의 나이도 젊음 못지않은 멋진 모습을 가질 수 있다. 불가능한 것이 아니라 노력한 만큼 보상이 주어진다.

원위치가 될 거라는 예상과는 달리, 아직도 얼굴의 맑음을 유지하고 있다. 그것은 노력의 결과라 생각한다. 그 요인은 인생 리모델링의 여러 과정이 복합적으로 작용한 것이리라. 아는 지인이 이런 말을 하였다.

"저는 3일 정도의 단식을 하곤 합니다. 그때마다 얼굴이 맑아지는 것을 느껴요."

나는 이 말에 전적으로 동의한다. 다이어트를 하면서 한 일주일 동안 탄수화물을 먹지 않은 적이 있다. 그 지인의 단식과 비슷하지만, 완전히 단식하지는 않았다. 탄수화물 섭취를 줄이는 대신 채소와 달걀과 어묵 등을 먹었다. 지금도 다이어트 중이며, 현미밥을 먹기 시작했다.

토닝의 효과는 아직도 지속되고 있다. 앞으로도 계속 과거보다 맑은 얼굴이 될 거라 기대한다. 또한 한번 맑은 얼굴을 맛보니, 더는 맑은 얼굴을 잃어버리고 싶지 않아 그에 관한 공부와 노력을 지속하고 있다.

차츰차츰 인생 리모델링하는 것에 재미를 붙였다. 가발도 한번 써볼까 고민 중이다. 나이 드는 것은 피할 수 없는 일이다. 하지만 노력한다면 나이에 비해 젊게 살 수도 있다는 것을 느낀다. 살아지는 대로 사는 것이 아닌, 잘 살아야 한다. 멋진 내 인생을 위하여.

10

인생 리모델링 ⑥
깨끗한 삶

성장환경에서 청결하게 몸과 주변을 관리하는
것이 습관화되지 않았다. 장사하는 어머니는 항상 바쁘셨
고, 집은 지저분했다. 그래도 살아오면서 큰 불편을 몰랐다.
왜냐면 그렇게 사는 것을 당연한 것으로 알았기 때문이다.
몸을 깨끗하게 하고 집 청소하는 것이 나에겐 귀찮은 일이
었다.

결혼해서도 그 습성은 그대로 유지되었다. 아내의 잔소리
폭탄은 당연했다. 결혼한 지 30년이 넘었다. 신혼 초에 들었
던 잔소리를 이제껏 들어왔다. 인생 리모델링을 시작하고
그런 습성도 리모델링하기로 했다.

– 냄새 안 나게 하기

담배를 피우는 사람은 몸에서 담배 냄새가 난다. 그런데 그 냄새를 자신은 잘 모르는 경우가 많다. 특히 입 냄새는 상대를 아주 불쾌하게 만들기도 하고, 그 사람에 대한 부정적인 생각을 하게 만든다.

아내의 잔소리 중 50%는 담배에 관한 것이다. 담배가 건강에 해롭다는 것은 상식에 속한다. 하지만 틈만 나면 총알처럼 쏘아대는 담배에 대한 잔소리가 나에겐 큰 스트레스다. 담배에 대한 잔소리 중에 많은 부분이 냄새에 관한 것이다. 이해는 하지만 어쩔 수 없는 것이 아니냐고 항변하곤 했다. 하지만 어쩔 수 없는 것이 아니었다. 아내의 잔소리를 덜 듣기 위해서라도, 다른 사람에게 불쾌감을 주지 않기 위해서라도 방법을 찾아야 했다.

나에게 담배 끊기는 쉽지 않은 일이었다. 지금까지 100번도 넘게 담배를 끊겠다는 결심을 했지만 끊지 못했다. 최선책이 아니라면 차선책이라도 마련해야 했다. 하루에 한 갑 반을 피우던 담배를 반 갑 수준으로 줄이려고 결심했다. 그러면 한 갑을 줄이는 것이 된다. 이 목표 달성 또한 쉽지 않음을 경험으로 알고 있다.

"한 갑 반을 피우다 한 갑을 줄이면, 한 갑 피우던 사람이 담배 끊는 것과 같은 것 아니야."

라고 아내에게 억지를 부리기도 했다.

담배 피우는 양을 1/3로 줄이고 냄새를 없애기 위해 선택한 것이 가글이었다. '담배를 끊지 못하겠다면 냄새라도 없애자.' 라 생각하고 가그린을 사서 호주머니에 넣고 다니기로 했다. 그리고 담배를 피운 후에 입을 헹구어 내었다. 입 안의 텁텁함이 없어지고 냄새도 많이 줄었다. 왜 진작 이 생각을 못 했을까? 가그린 가격이 만만치 않았다. 작은 통 하나에 편의점 가격이 1,800원이나 했다. 하지만 몇 배나 되는 큰 가그린은 다이소 가격으로 3,000원 정도 했다. 궁여지책으로 가그린 큰 통을 사서 휴대하기 편한 작은 가그린 통에다 부어 넣어 호주머니에 휴대하고 다니기로 했다. 지금 내호주머니엔 가그린 통이 들어 있다.

냄새와 관련된 또 하나의 아내의 불만은 내 입에서 나는 구취다. 그래서 나에게 양치를 하고 난 뒤 혓바닥을 긁으라는 소리를 수도 없이 했다. 냄새의 원인 중 하나가 입 안에 있는 균이며, 많은 부분 그 균은 혓바닥에 존재한다는 것이다. 깨끗한 혓바닥은 붉은색을 띠고 있지만, 내 혓바닥은 언제나 하얗게 되어있었다. 그것을 긁어내는 것만으로도 상당 부분 구취를 줄일 수 있다는 걸 알면서도 귀찮아서 하지 않았다. 인생 리모델링을 시작하고 아내의 말을 듣기로 했다. 혓바닥을 긁으니 어느 순간부터 입에서 나는 불쾌한 느낌이 줄어들었다. '진작 아내의 말을 들을걸!'

아내의 잔소리도 많이 줄어들었다.

– 몸 청결 유지하기

앞에서도 말했듯이 어머니는 바빴다. 아버지 벌이가 시원치 않으니, 아들 셋을 키우기 위해서는 장사를 하지 않을 수 없었다. 그리고 어머니는 생활력이 강했다. 아마 어머니가 장사를 하지 않았다면, 아들 3형제를 제대로 양육할 수 없었을 것이다.

그러다 보니 상대적으로 집안을 청결하게 유지하는 것에는 소홀할 수밖에 없었다. 먹고 사는 문제가 우선이었고, 살림은 그다음이었다. 아들이 철이 들었다면 집을 청소하는 등 청결을 유지했을 테지만, 우리 형제는 그렇질 못했다. 집은 항상 먼지투성이였고, 내의도 잘 갈아입지 않았으며, 샤워 시설이 없는 집에서 목욕은 엄두도 내지 못했다. 그런 것이 나의 일상이었고, 결혼해서도 그런 습관은 고쳐지지 않았다.

아내는 나에게 몸을 깨끗이 하고, 내의를 하루에 한 번씩 갈아입으라며 수도 없이 잔소리 폭탄을 퍼부었다. 생각해 보면 난 참 미련했다. 반복되는 잔소리에 짜증만 내었다. 인생 리모델링을 시작하고 아내의 말이 틀린 말이 하나도 없음을 깨달았다. 게으름도 게으름이지만, 몸을 깨끗하게 하지 않는 습관이 문제였다. 이런 습관도 리모델링하기로 했다.

다음에 언급한 것이 남이 들으면 당연한 일이겠지만, 나에게는 이것도 노력해서 극복할 문제였다.

- 목욕탕에서 월 입욕권을 끊어 하루에 한 번씩 가기(샤워할 때 항상 보디클렌저를 사용할 것. 샤워 후에 몸을 깨끗이 닦기)
- 내의는 매일 갈아입기
- 가능하면 어제와는 다른 옷 입기
- 음식을 먹은 후에는 바로 양치하기
- 스킨, 로션, 선크림은 항상 바르기
- 향수 뿌리기
- 옷은 항상 옷걸이에 걸어서 걸어놓기

- 청소

사실 청소 및 집안일은 아내가 전담했다. 여러 가지 이유가 있겠으나 습관이 되어있지 않고 성격도 꼼꼼한 편이 되지 못하기에 집안일은 잘 하지 않는 편이었다. 가끔 하기도 하지만, 규칙적으로 하는 것이 아니라 시간이 나고 마음 내킬 때만 했다. 꼼꼼하게 하지 않으니 집안일을 해도 아내가 다시 하는 경우가 많았다. 내가 하는 집안일이 아내 마음에 차지 않았고, 내가 해놓은 것을 아내가 다시 하는 것을 보고

'어차피 아내가 할 것, 내가 할 필요가 있나.' 라는 생각을 한 것도 집안일을 하지 않게 된 원인이라면 원인이다. 또 다른 원인은 청소 등 집안일을 하는 것이 습관이 되지 않았기 때문이다.

성장기 때는 엄마가 하는 것, 결혼해서는 아내가 하는 것으로 생각하고 청소를 잘 하지 않았다. 그런 나에게 아내가 숱하게 잔소리를 해대어도 꿋꿋하게 버텼다.(이게 버틸 문제였나?) 아내의 이야기를 매일 하는 잔소리 정도로만 여긴 것이다.

인생 리모델링을 하기로 생각하고 글을 쓰던 중 어젯밤 아내의 이야기가 떠올랐다.

"거실 청소기라도 좀 밀어주세요."

순간, 머리를 때렸다. '인생 리모델링을 하겠다고 하고서는 가장 쉬운 청소조차 하지 않았구나!'

인생의 변화를 주기 위해 많은 시도를 하는 중이었기에, 집안일도 인생 리모델링의 한 부분에 넣기로 했다. '불규칙적

으로 하기보다는 하루 30분이라도 규칙적으로 하자. 그것이 쌓이면 아내의 짐을 덜어줄 수 있겠구나.'

그래서 하루 30분은 무조건 집안일을 하기로 마음먹었다. 설거지와 집 정리할 때, 로봇 청소기를 돌렸다. 복잡한 정리는 아내가 했기에, 난 간단한 청소만 하면 되어 힘들지도 않았다. '이런 쉬운 일을 왜 하지 않고, 그런 잔소리 폭탄을 들으며 살았을까?' 인생 리모델링을 하고 난 뒤, 내 삶을 돌아보니 한심한 일이 한두 가지가 아님을 깨닫게 되었다.

청소를 시작하고 나니 좋은 점이 많았다. 아내의 잔소리를 듣지 않아도 되었고, 집이 깨끗하니 마음마저 깨끗해지는 느낌이 들었다. 청소를 한다는 것은 어쩌면 내 마음을 깨끗하게 닦는 것이란 생각이 들기도 했다.

11

인생 리모델링 ⑦
이를 빼고 살을 빼다

– 살 빼기를 시작하다

인생 리모델링을 시작하고부터 살을 빼기로 결
심했다. 당시 몸무게는 83kg이 나갔다. 배가 항상 불룩하게
나온 상태여서 옷을 입어도 핏이 서지 않았다. 결혼하기 직
전 몸무게가 74kg이었기에, 9kg을 빼서 총각 때의 몸무게
를 되찾고 싶었다. 사실 결혼한 후 올해까지 한 번도 총각
때의 몸무게를 회복한 적이 없었다. 젊어진다는 상징적인
의미도 내포되어 있기에 올해가 가기 전 총각 때의 몸무게
인 74kg을 회복하자고 마음먹었다. 몸무게를 빼는 이유는
많지만, 그중에 특별한 것이 큰아들 결혼식을 앞두고 있어

서였다. 결혼식 때 멋진 아빠의 모습을 보여주고 싶었다.

인생 리모델링을 시작하고 거의 매일 1시간 30분 정도 걷거나 뛰었다. 운동만으로도 체중이 감소할 거로 생각했기 때문이다. 하지만 다이어트와 병행하지 않으니 아주 약간 빠지기는 했지만, 큰 변화가 없었다. 몸무게가 줄지 않는 것은 살이 빠진 대신에 근육이 생겨서 그런 것은 아닐까? 하는 생각도 들었다. 2개월 후 3월 19일, 나의 체중은 82.3kg이었으니 운동으로 준 몸무게는 0.7kg밖에 되지 않았다.

– 이를 빼고 시작한 강제 다이어트

음식을 줄이고 본격적으로 다이어트를 시작한 계기가 된 것이 3월 임플란트를 했을 때부터였다. 임플란트는 기존의 이를 빼고 나사를 잇몸에 박아둔다. 그런 후 6개월 정도의 시간이 흐른 후 이를 끼운다. 첫 번째 임플란트는 1월 29일에 했다. 처음에 의사가 X-RAY 사진을 보고 양쪽을 다해야 한다고 말했다. 두 쪽을 한 번에 다 뽑아버리면 음식 섭취하기가 불편하기에 한 쪽을 완료하고 난 후에 다른 쪽을 하자고 했다. 한쪽의 이를 뽑고 나니 그쪽으로는 음식을 씹을 수가 없어, 이를 뽑지 않은 다른 쪽으로 음식을 씹었다. 그런데 한 쪽으로만 계속 음식을 씹으니 다른 쪽 이도 아프기 시작했다. 통증이 시작되니 참기가 어려웠다. 병원에 가서 그런 상황을 이야기하니, 다음 주에 나머지 이를 뽑고 대신 틀니를 만들어 주겠다고 했다.

- 두 번째로 이를 뽑고 틀니를 했다. 당시에 적은 글이다

1월 29일, 1차 임플란트를 하고 오늘 3월 19일 2차 임플란트를 심었다. 아마도 보철까지 심으려면 9월이나 되어야 끝날 것 같다. 오늘 임플란트를 오전에 했는데 저녁까지 지혈이 되지 않았다.

다행히 밤이 되자 지혈이 되었지만, 음식 먹기가 여간 불편한 게 아니다. 그리고 틀니를 한 곳이 이물감이 느껴져 입 안이 아주 불편하다. 괜히 했다는 생각에 후회가 들기도 하지만, 이것도 다 지나갈 것이란 생각이 들어 참기로 한다.

이가 없으니 음식을 선택하는 폭도 많이 줄어들었다. 육류

는 아예 생각도 못 하고 채소조차도 섭취하기가 힘들어졌다. 오른쪽 이가 빠진 곳에 끼운 틀니로는 겨우 밥과 고등어와 같은 부드러운 생선 정도를 먹을 수 있을 뿐이다. 그리고 먹고 난 뒤에는 틀니를 빼서 씻어야 한다. 먹는 동안 음식이 끼이기 때문이다. 끼고 빼고 하는 것이 습관이 되지 않아 여간 거추장스럽지 않다. 그래서 아침과 저녁은 주스나 생즙 정도를 먹고, 점심 한 끼만 양껏 먹기로 했다. 그러다 보니 자연스레 살이 빠진다.

이를 빼고 나서 불편한 것이 이만저만한 것이 아니지만, 그래도 감사하다는 생각이 든다. 이는 임플란트를 하면 어느 정도 본래 대로 회복이 되지만, 만약 팔이나 다리가 빠져나갔다면 어쩔 뻔했는가? 하는 생각이 들었기 때문이다. 몸에 있는 기관에 대해 우리는 감사할 줄 모르고 살아간다. 눈이 없다면, 손가락이 없다면, 심장이 제 기능을 발휘하지 못한다면, 간이나 위, 신장 등이 병들었다면 얼마나 불편할까? 어금니를 빼고 내가 가진 것에 대해 감사하는 방법을 배웠다.

세상에 당연한 것은 없다. 당연한 것처럼 보이는 것은 결코 당연한 것이 아니다. 입고 있는 옷이나, 가족이나, 친구나, 집이나, 고향이나, 국가나 사회 등 모든 것이 당연히 존재하는 것이 아니라 지켜야 존재하는 것이다. 그리고 그 존재하는 것에 감사할 줄 알아야 한다.

사람은 미련하게도 잃어버려야 그 가치를 깨우친다. 잃어버리기 전에 지키자. 그리고 있는 것에 감사하는 삶을 살아가자. 어금니 4개를 잃고 가진 것에 감사하는 법을 배웠다. 그리고 더 늦기 전에, 온전한 몸 상태일 때 인생 리모델링을 시작하기를 참 잘했다고 생각한다.

- 강제 다이어트 19일 만에 4.3kg이 빠졌다

"엎어질 때 쉬어가라."라는 말이 있다. 음식을 제대로 섭취할 수 없을 때 본격적인 다이어트를 하기 시작했다. 운동과 함께 음식량을 줄였고, 4월 1일부터는 아예 밥을 먹지 않았다. 채소, 어묵, 돼지 목살 등으로 밥을 대신했다. 과다한 탄수화물이 뱃살의 원인이라는 말을 어디서 들은 까닭이다. 하지만 무조건 밥을 굶는 것이 능사가 아니라는 생각이 들어 쌀 대신 현미밥을 먹었다. 본격적으로 다이어트를 시작한 날은 3월 19일부터이다. 글을 쓰는 오늘은 4월 7일이다. 3월 19일부터 친다면 19일이 흘렀다. 3월 30일 몸무게가 78.8kg이었다. 그리고 오늘 아침 몸무게를 재어보니 78kg이었다. 3월 19일 82.3kg이었으니 총 4.3kg이 빠졌다.

12

인생 리모델링 ⑧
외모 디자인

- 헤어 디자인

머리가 빠지기 시작한 것이 오십이 될 때부터였을 것이다. 한번 빠지기 시작하니 대책이 없었다. 머리가 난다는 샴푸를 써보아도 효과를 보지 못했고, 까만 콩을 먹어도 머리카락이 빠지는 것은 멈추지 않았다.

머리가 빠지니 외모에 자신감이 떨어졌다. 특히 강의하는 처지에서 외모에 대한 자신감 결여는 부담으로 작용했다. 그뿐만 아니라 다른 사람을 대할 때도 예전처럼 당당하지 못하다는 느낌이 들었으며, 무엇보다 나 스스로가 내 모습이 마음에 들지 않았다.

물론 주위에서는 많은 돈을 주고 머리를 심기도 한다는데, 그럴 정도의 여유도 없을뿐더러 머리를 심어보았자, 머리카락 탈모가 진행 중이라 결과는 예측이 되지 않았다.(심은 것 이외 기존 머리가 빠지면 더 보기 싫지 않을까?) 그래서 일단 머리카락을 심는 것은 보류하기로 했다.

그다음으로 가발을 고려해 보았다. 아내가 우연히 들른 가발 가게에 가서 견적을 뽑아보니 2백만 원이 넘는 돈이 나왔다. 인생 리모델링도 좋지만, 임플란트 등과 같은 특별한 경우를 제외하고는 큰돈을 들여서 하고 싶지는 않았다.

그러다 우연히 유튜브를 보았는데, 흑채에 관련된 내용이 나왔다. 흑채는 머리를 심는 것은 아니지만, 머리가 풍성하게 보이게 하여 나와는 꼭 맞을 것 같았다. 그래서 주저 없이 쿠팡에 주문했다. 배송비 포함하여 14,000원. 흑채를 머리에 도포하고 나니 내가 원하는 모습이 되었다. 신세계를 발견한 느낌이 들었다. 단점은 하루에 한 번씩 뿌려주어야 한다는 것이다.

흑채를 하고 나니 우선 내 모습에 자신감이 생겼다. 오십 대 후반이 된 사람이면 많은 사람이 나와 같은 고민에 빠져있을 것이다. 고민만 하지 말고 문제를 극복할 방법을 찾는다면 훨씬 더 삶의 만족도는 올라가지 않을까?

참고로 내가 쓰고 있는 흑채는 빗으로 빗어도 묻어나지 않는다. 다만 물로 씻으면 깨끗하게 없어진다. 하루를 시작할 때 흑채를 뿌리고, 잠들기 전에 씻는 것이 일상이 되었다.

- 의상 디자인

외모는 입은 옷이 좌우하는 경향이 짙다. 하지만 나는 그동안 옷에 대해서는 무신경하게 살았다. 젊었을 때는 그래도 옷에 대해 신경을 썼지만, 30대 이후에는 별생각 없이 벽이나 옷장에 걸린 옷 그대로 입고 외출했다. 그런 나를 두고 아내는 늘 잔소리했다. 옷을 사러 가자고 해도 귀찮아했다. 특히 아들이 두 명이어서, 아들 옷을 입는 경우가 많아 굳이 옷을 사러 가지 않아도 되었다.

둘째 아들은 옷 마니아였다. 유명상표 옷을 즐겨 입었다. 둘째 아들은 몸무게가 한때 100kg이 넘게 나갔다. 그런데 살을 30kg이나 줄였다. 그리고 서울로 갔다. 둘째 아들이 남기고 간 옷이 옷걸이에 한 아름 걸려 있었기에, 그 옷을 아무렇게나 입었다. 둘째 아들이 나보다 덩치가 컸기에, 그 옷을 아무렇게나 입고 다니는 내 의상이 몸에 맞을 리 만무했다. 그래도 옷에 대해 별 신경을 쓰지 않았기에, 나에게 맞지 않는 옷이 불편하지 않았다.

그런데 이사를 하는 와중에 아들 옷이 눈에 들어왔고, 대부분은 몇 년째 입지 않은 옷이었다. 그 옷을 가져갈지 버릴지 고민했다. 아들은 몸무게가 70kg 중반이었기에, 앞으로도 아들은 그 옷들을 입지 않을 것이다. 그리고 내 몸에도 맞지 않는 옷이었기에, 이사하는 집에 가져가 보았자 짐만 된다는 생각이 들어 버리기로 했다. 아들 옷 대부분을 버리고 나니, 당장 내가 입을 옷이 변변치 않았다.

아내는 외모도 경쟁력이라는 말을 많이 했다. 강의하는 사람이 듣는 사람 앞에 설 때 깔끔한 옷차림을 하는 것은 예의다. 인생 리모델링을 하는 항목에 의상 리모델링도 넣기로 했다. 그리고 오랜만에 아내와 옷을 사러 갔다. 내 체형에 맞는 스판 청바지와 티셔츠를 샀다. 간 김에 아내 옷도 함께 샀다. 그런데 의외로 옷값이 쌌다. 두 사람 모두 옷을 사도

15만 원이 넘지 않았다.

새 옷을 입으니 착용감이 좋았고, 자존감이 커졌으며 기분도 좋았다. '진작 의상 리모델링을 할 것을!' 이란 생각을 했다. 앞으로 계절이 바뀔 때마다 새로 옷을 사 입기로 했다. 내 인생의 경쟁력은 아내의 "외모도 경쟁력이다."라는 말처럼 더 세어지지 않을까?

13

인생 리모델링 ⑨
일상 디자인

- 매일 기록

예전에는 기록하는 것이 습관이었지만, 어느 순간부터 기록하는 습관을 잃어버렸다. "적자생존, 적는 사람이 살아남는다."라고 강의하면서도 정작 난 삶을 기록하는 습관을 분실해 버렸다.

작가가 기록하지 않는다? 라고 누군가 물을 수 있을 것이다. 그렇지만 지금 이야기하는 기록은 의미가 다르다. 사실 난 많은 기록을 했고 지금도 하고 있다. 그 기록은 내가 쓰고 싶은 글에 대한 것이다. 여기서 기록하지 않는다는 의미는 하루의 기록이다. 매일 기록을 하면 중요한 것을 빠뜨리는 것을 막을 수 있다.

나이가 들면서 느끼는 것 중 하나가 예전에 가진 좋은 습관을 잃어버린 것에 관한 아쉬움이다. 새로운 좋은 습관을 만드는 것도 바람직하지만, 예전에 가졌으나 지금은 하지 않는 좋은 습관을 다시 찾아 현재의 습관으로 만드는 일이 더 좋은 것이다. 해보았기 때문에, 예전에 가졌던 습관이기에 찾고자 한다면 찾을 수 있고, 새로운 것을 시도하는 것보다 더 쉽게 습관으로 만들 수 있다. 그것 중 하나가 하루를 기록하는 일이다.

인생 리모델링을 하면서 예전에 가졌지만, 나이가 들면서 하지 않게 된 것을 하나씩 찾아보고 다시 실행하고 있다. 그 중 하나가 하루의 계획을 세우고 시작하며, 하루가 지난 후 그 결과까지 기록하는 것이다. 매일 새벽, 하루를 시작하기 전에 '이야기 끓이는 주전자' 카페로 와서 하루의 계획을 세우고, 어제 한 것을 점검한다.

인생 리모델링은 거창한 것이 아니다. 작은 것이 모여 나를 더 좋은 나로 변화시켜 멋진 인생을 살게 하는 것이다. 내가 살아온 시기(나이대)별로 했던 좋은 습관을 지금 다 모아서 한다면 지금보다 업그레이드된 삶을 살 수 있으리라.

– 콩가루 집안

어머니는 올해 92세다. 고령임에도 불구하고 힘이 좀 약해지기는 했지만, 아픈 데 없이 건강하다.

아내와 나는 어머니의 건강 비결이 무엇인지 서로 이야기했다. 그러면서 내린 결론은 어머니가 드시는 콩가루이다. 콩나물을 놓으려면 먼저 물에다 콩을 불려 물 콩을 골라내어야 한다. 어머니는 골라낸 물 콩을 버리지 않고 말리고 갈아서 콩가루로 만든다. 그리고 그 콩가루를 아침 먹을 때 물에 타서 함께 드신다. 어머니는 특별하게 보약이나 한약 등을 드시지 않는다. 그러면서도 어느 사람보다 건강하다. 아내와 나는 어머니의 건강 비결에 관해 이야기하다 이구동성으로 '콩가루'를 지목했다.

그러고는 어머니의 콩가루를 얻어와서 먹기 시작했다. 콩에는 30~50%의 단백질을 비롯하여 13~25%의 지방, 비타민 등 많은 영양소가 들어 있다. 말 그대로 자연 영양제인

셈이다.

인생 리모델링을 하면서 비주얼적인 측면의 변화는 많이 시
도했지만, 보이지 않는 부분을 등한시했다는 느낌이 들었
고, 보이지 않는 몸속의 건강까지도 포함하여야 한다고 생
각했다. 콩가루를 먹으면 어머니처럼 건강하게 장수하겠지.
콩가루를 가지고 오면서 든 생각은 '우리집은 콩가루 집안'
이라는 것.

– 무의식을 의식화하는 상징, 고무줄 튕기기

아침 산책을 하면서 책에 대한 유튜브를 들었다. 그중에 공
형조 작가의 '돈을 부르는 작은 습관' 에 대해 들었는데, 그
내용 중에 이런 말이 나온다. 어떤 결심을 했을 때 분홍색
팔찌를 끼는 것이다. 결심을 어길 때마다 팔찌를 다른 손목
으로 바꾸어 끼면서 무의식을 의식화한다는 것이다. 그 말
을 듣고 깊이 공감하여 나도 한번 실행해 보자고 생각했다.
아내와 통화하면서 그 이야기를 해주었다. 그런데 아내는
더 좋은 아이디어를 냈다. 손목에 노란 고무줄을 끼우자는

것이다. 새로운 결심을 한다는 것은 새로운 습관을 만드는 경우라 할 수 있다. 그런데 결심한 것은 자신에게는 아직 습관이 되지 않은 것이기에 생활하다 보면 잊어버린다. 다른 말로 하면, 의식화하여 노력하지 않으면 '습관의 관성'이 작용하여 무의식적으로 과거 행동이 반복되는 것이다. 무의식적인 것을 의식화하는 작업을 반복적으로 행해야 결심한 것이 습관화된다. 무의식을 의식화하는 상징으로 노란 고무줄을 팔목에 끼우고 생각날 때마다 한 번씩 고무줄을 튕겨 자극을 주자는 것이다. 아내의 말을 듣고 '이거다!' 라는 생각이 들어 바로 실행에 옮기기로 했다.

필요 없는 시간을 줄이는 것을 습관화한다면 여유의 시간을 가질 수 있다. 그 시간에 책을 읽자. 최소한 2일에 한 권의 책을 읽고, 그것이 습관이 되면 하루에 한 권의 책을 읽자는 목표를 세웠다. 그것을 이루는 방법으로 팔에 노란 고무줄을 끼웠다. 모든 것은 꾸준함이 이루어 준다. 없는 습관을 새로이 만들려면 꾸준하게 행해야 한다. 그런데 꾸준하지 못한 가장 큰 요인이, 결심한 것을 잊는다는 데에 있다. 무의식을 깨워 의식화하는 방법으로, 노란 고무줄을 팔목에 끼우고 한 번씩 튕겨 자극을 준다면 결심을 이루는 것에 큰 도움이 되리라.

　"시간 다이어트로, 그 시간에 책을 읽자."

14

인생 리모델링 ⑩
정서 디자인

- 화(火) 디자인

　울컥하는 성질이 있다. 평소에는 나름 합리적이고 이성적이라고 스스로 평가하지만, 울컥하면 합리와 이성은 물 건너간다. 화를 내면서도 '이건 잘못되었다.' 생각하지만, 불붙은 화는 쉽사리 꺼지질 않는다. 다른 사람에게 화상을 입히기도 하고, 스스로에게도 상처를 입히기도 한다.

인생 리모델링을 하면서 이런 감정의 출렁거림을 잔잔하게 만들어야 한다고 생각했다. 쉽지 않을 것이며, 어떻게 해야 하는지 방법도 모르는 것이 현실이었다. 살다 보면 화가 나지 않을 수 없다. 하지만 화가 나는 것과 화를 내는 것은 다르다. 화라는 호르몬이 뇌에서 분비가 될 때, 화를 내지 않은 것을 화 디자인이라고 명명했다. 그런 생각의 씨를 뿌리고 방법을 찾으려 책도 읽고 인터넷도 검색하고 있다. 아직은 아니지만, 어느 순간 울컥 화를 내는 빈도는 잦아들지 않을까.

우선 생각나는 것이 인내이다. 울컥 화가 치민다면 일단 참는 거다. 하지만 견딜 수 없다면 그 자리를 피하는 것이 상책이다. 화는 불과 같아서 소화기로 신속하게 끄지 않는다면 큰불이 될 수 있다. 화를 나게 만드는 상황이 불티라고 한다면, 연료로 작용하는 것은 감정이다. 불티가 연료에 옮겨붙어 불이 나는 상황이라면, 우선 불을 끄려고 시도해 보고 그래도 안 된다면 연료를 불에서 멀리 떨어지게 만들어야 한다. 불에서 나의 감정을 멀리 두는 것이 상책이다. 집에서 아내와 싸운다면, 일단 집 밖으로 나오는 것도 화점(火點)에서 나의 감정을 떨어지게 만드는 방법일 수 있다. 현실을 피하는 것과는 다른 차원이다. 당장은 화가 나서 참을수 없다고 하지만, 멀리 떨어져서 상황을 돌아본다면, 많은 부분 불은 자연히 꺼진다. 화를 삭일 수 있다는 것을 의미한다.

화가 난 감정으로 일을 처리해서 해피엔딩이 되는 경우는 드물다. 불이 나고 난 자리는 시커멓게 쓸모없이 되는 것은 피할 수 없으며, 타버린 것은 회복 불가다. 결국 후회하게 된다.

한 가지 더 주의해야 할 것은 꺼져가는 불도 연료와 만나면 다시 불이 붙을 수 있다. 그 말은 되새김질하지 말자는 것을 의미한다. 화가 난 상황이 끝이 나더라도 그 상황을 다시 생각하면 다시 화가 나기도 한다. 그렇기에 잊어버리도록 노력해야 한다.

인생 리모델링을 하는 것 중에 화를 내는 성격을 리모델링하기로 했다. 울컥하는 것만 참아도 많은 부분 안정적인 생활을 유지할 수 있을 것이다.

– 두려움 리모델링

두려움에서 완전히 자유로운 사람은 없다. 두려움은 추상적이기 때문에, 자신이 어떤 것을 두려워한다는 사실조차 인지하지 못하는 경우가 많다.

울산 태화강 국가 정원 십리대밭에 '은하수 다리'가 새로 생겼다. 아침 산책을 하며 매일 그 다리를 건넌다. 은하수 다리에는 바닥이 유리로 된 부분이 있다. 그 위에 서서 아래를 내려다보면 눈이 아찔하다. 강물이 흐르는 것이 보이는데, 그 높이에 고소공포증을 느낀다. 유리는 강도가 아주 크기에 웬만한 충격으로는 깨어지지 않는다는 것을 알고 있고, 깨어질 정도의 유리를 시공자가 설치할 리도 만무하다. 그런 사실을 알고 있으면서도, 깨어지지 않을 거라는 것을 알고 있으면서도 그 위에 서면, 깨어지면 어쩌나 하는 두려움을 갖게 된다.

그런데 그 유리 위에서 보는 주변 풍경은 아주 아름답다. 십리대밭이 한눈에 보이고, 그 옆의 태화강도 무척이나 아름답다. 인생이라는 것이 그렇다. 무엇을 보느냐에 따라 두려움을 느끼며 노심초사할 수도 있고, 반면에 아름다움을 느끼며 살 수가 있다. 같은 위치에 서 있어도 발바닥 아래 유리를 통해 보이는 아찔한 강물을 보느냐, 눈을 들어 주변의 아름다운 풍경을 바라보느냐의 차이다.

그 유리 바닥이 깨어지지 않는다는 믿음을 가지고 주위를 둘러보며 살아가는 것이 현명한 일이 아닐까? 인생 리모델링을 한다는 것은 꼭 외모에 국한된 것이 아니다. 살아오면서 두려움 때문에 좋은 기회를 놓친 경우가 많았다. 두려움을 가지지 않으려면 유리 바닥이 깨어지지 않는다는 믿음을 가지듯이 나 자신을 믿어야 한다. 그 믿음을 바탕으로 아름다운 풍경을 바라보고 살아가자. 오늘 난 내 두려움을 리모델링하였다.

– 인생의 배경 화면은 맑음, 쾌활한 창영 씨

비를 좋아했다. 고등학교 다닐 때 비에 젖은 새 한 마리가 비 오는 날 죽어있는 것을 보고 비의새를 생각했다. 비의새에 대한 전설도 만들었다. 그것이 장편 동화 〈안드로메다 베타별과 천전리 각석의 사랑 이야기〉의 소재가 되었다. 비는 내 것이라 떠들고 다녔고, 내 허락 없인 비를 맞으면 안 된다고 말하기도 했다. 비는 내 인생의 배경 화면이 되었다.

어차피 내리는 비라면 싫어할 이유가 없다고 생각했다. 내가 싫어한다고 내리는 비가 내리지 않을 리 만무했고, 비를 싫어해 비 오는 날 짜증을 내는 사람을 보며, '어차피 내리는 비를 좋아해 버리면, 맑은 날도 좋고 비 오는 날도 좋지 않은가? 날씨 때문에 스트레스받는 일이 없는 것 아닌가?'라고 생각했다.

비를 좋아하여 인터넷 닉네임으로 '비의새'를 사용했다. 나를 아는 사람은 비의새라는 닉네임에도 익숙하다. 또한 윤창영 하면 비를 떠올리고, 비가 내리면 나에게 전화를 해 같이 식사나 술을 마시자는 사람도 많았다. 그렇게 살아왔다. 문제는 내 마음의 배경 화면이 비가 된 것에 있다.

비는 흐리고 감성적이며 정적이다. 그렇다 보니 내 정서도 감성적이었고 정적이었다. 그것이 나쁘다는 의미가 아니다. 비의 배경 화면은 흐리다는 것에 있다. 그것도 리모델링하기로 했다. 이제는 정적인 윤창영보다는 동적인 윤창영으로 바꾸고 싶어졌다. 정적인 윤창영은 말을 해도 진지하게 하는 경향이 있어, 유머러스하지 않고 남에게 부담을 주는 경향이 컸다. 그래서 쾌활한, 유쾌한 윤창영으로 리모델링하고 싶다고 생각했다. 난 유쾌한 사람을 보면 옆에 있기만 해도 즐겁다. 그렇기에 나도 그런 사람이 되고 싶다. 내 인생의 배경 화면을 비 오는 풍경이 아니라 쾌청한 날씨로 바꾸고 싶은 것이다. 항상 유쾌한 생각을 하면 얼굴에도 웃음이 생기고, 그것이 다른 사람에게도 편안함을 준다고 생각한다.

"앞으로 나를 쾌활한 윤창영 씨로 불러달라. 줄여서 쾌활 창영."

이 이외에도 단편적인 인생 리모델링을 많이 시도했다. 그리고 많은 부분 삶의 색깔이 바뀌었다. 인생 리모델링은 일회적, 이벤트적으로 할 게 아니라 두고두고 해야 할 것으로 생각한다. 그러면 나의 인생은 행복으로 가득할 것이다.

"작전타임만 잘 활용해도 역전할 수 있다"

시간의 노예로 사느냐, 아니면 시간의 주인으로 사느냐는 인생에 있어 중요한 문제다. 그건 허겁지겁 쫓기듯 사느냐, 아니면 여유롭게 사느냐를 의미하기 때문이다. "일이 바빠서, 할 시간이 없어서, 아이 때문에, 남편 때문에" 등 시간이 없는 이유를 대라면 100가지가 넘을 것이다. 그런데 누구는 정신없이 살고, 누구는 느긋하게 즐기며 인생을 산다. 그것은 돈이 있고 없고의 문제가 아니다. 자신을 돌아보고 더 좋은 삶을 살아갈 수 있는 여유를 가지지 못하기 때문이다. 그 여유로움을 가지는 것이 케렌시아적 삶을 사는 것이다.

케렌시아를 누리며 인생 리모델링을 해보자. 자신의 경험에 비추어 보았을 때, 리모델링 하면 더 좋을 것이 무엇인지를 생각해 보고 그것을 실행하여 더 좋은 삶으로 바꾸자. 그리고 상대방에게 비치고 있는 내 모습을 생각해 보고 더 좋은 나로 만들기 위해 노력하자. 그것이 케렌시아이며, 인생 리모델링이다.

경기가 잘 풀리지 않을 때, 감독은 심판에게 작전타임을 요구한다. 배구에도 작전타임이 있으며, 축구에도 전반전, 후반전 중 휴식 타임이 있고, 권투 경기도 3분 뛴 후 1분을 쉰다. 작전타임엔 경기하는 중에 도출된 문제를 풀고, 감독이 발견한 상대 약점을 이야기하기도 하고, 선수끼리는 파이팅을 외치고 잠시 휴식을 취하며 음료수를 마시기도 한다. 작전타임으로 상대의 기세를 꺾기도 하고, 선수가 경기에 집중하도록 한다. 한마디로 전환점을 만드는 것이다.

작전타임만 잘 활용해도 역전하는 경우가 많다. 문장에도 쉼표가 있으며, 고속도로에도 휴게소가 있다. 고속도로에서 누가 뭐라고 해도 앞뒤 안 가리고, 쉬지 않고 묵묵히 나의 길을 간다는 건 굉장히 위험한 상황을 만든다. 작전타임 이란 현실을 되돌아보는 시간이다. 조용히 커피를 마시며 생각하거나 글을 쓰며 현실을 시각화하는 시간이다. 인생 에도 작전타임이 필요하다. 그 작전타임이 쉼표이며 케렌 시아다. 경기를 분석하여 더 좋은 방향으로 바꾸는 것, 인 생을 분석하여 더 좋은 삶을 살게 하는 것, 그것이 인생 리 모델링이다.

이 책에 모든 것을 다 담을 수는 없다. 하지만 필자들이 실 행한 케렌시아와 인생 리모델링을 보여줌으로써 독자를 설 득하고, 독자도 케렌시아를 가지고 인생 리모델링을 해보기 를 권한다. 결과도 결과이지만 실천하는 과정도 결과 못지 않게 행복할 것이다.

이 책을 읽고 실행한다면, 더 밝아진 자신과 만날 수 있으며, 그런 사람이 모인 사회는 한층 밝은 사회가 될 것이라 믿는 다. 케렌시아를 찾고 인생 리모델링하는 것을 하나의 사회현 상으로 만들었으면 하는 것이 필자의 바람이기도 하다.

SNS 시대다. 자신이 수행한 인생 리모델링을 사진으로 찍어 SNS에 올리는 것도 하나의 좋은 방법이며, 인생 리모델링 릴레이하는 것도 좋은 방법이 될 것이다.

케렌시아와 인생 리모델링은 자신을 시간의 노예가 아닌, 주인으로 살게 해줄 것이며, 더욱 멋진 인생을 선물해 줄 것이다.

이 책은 많은 우여곡절 끝에 나왔다. 참여한 작가의 고민과 갈등이 한 권의 꽃으로 피었다. 이 꽃이 많은 독자의 인생을 향기롭게 만들었으면 좋겠다.

2023년 4월, 이야기 끓이는 주전자에서